폐허를 인양하다

폐허를 인양하다

백 무 산 시 집

창비

차 례

제1부

풀의 투쟁

단단한 것은 틈이 있다지만
튼튼한 것은 갈라진다지만
틈이 견고한 벽을 무너뜨린다지만
갈라지고 갈라지기만 하면
무너짐도 무너진다

틈을 만드는 동안
갈라진 틈에 어디선가
깃털처럼 부드러운 풀씨가 찾아온다

틈은 반짝 희망이었다가 갈라지고 갈라져
사막을 만들기 시작할 때
틈을 내는 투쟁의 손도 갈라진다

틈에는 풀씨가 내려앉고
풀은 흙에 뿌리 내리는 것이 아니라
풀이 흙을 만들어간다

틈이 자라 사막을 만들어갈 때
풀은 최선을 다해 흙을 만들어 덮는다

작성된 신

우리가 비명 소리 들리는

숲에 들어

마음을 이리저리 뒤척여도

걸림 없이 편안한 건

인체의 굴곡 따라 설계된 침대처럼

우리의 불안한 조건에 맞게 작성된

불안한 집이기 때문이다

환생

무슨 억하심정이 있는 거냐고
무슨 도통한 것이 있느냐고

이치에 닿는 믿음이냐고
몸을 갈아입을 수 있는 거냐고

그럼 그걸 어쩌란 말이냐
과잉과 결핍과 상실을 어쩌란 말이냐

천년을 뜬눈으로 기다려온 사랑이 있는데
죽음보다 아픈 사랑이 얼마나 많은데

질식하도록 넘치는 눈물이 있는데
죄 없이 희생된 무고한 피눈물이 얼마나 많은데

생을 초과하는 사랑이 얼마나 많은데
죽음을 초과하는 눈물이 얼마나 많은데

물의 일생

제주공항에 내려 목이 말라
가방에서 생수병을 꺼내 마른 목을 축이고 보니
한라산 상표가 그려진 삼다수다

물은 청계천 철공소 골목 작은 슈퍼에서
칠백원 주고 산 것이다 여기 공항에서 지척인
제주시 조천에서 퍼올린 물이다

배에 실려 육지로 나가 다시 차를 몇번 바꿔 타고
등짐에 몇번 실려갔다 다시 비행기를 타고 왔다
내가 지불한 돈은 물값이 아니라 석유값이다

물은 순환하고 유전하는 거라
용케 돌고 돌아서 제자리에 왔다
물은 물의 길이 아니라 사람의 길을 따라 일생을 마쳤다
흐르고 증발하고 스며들고 적시며
다시 흘러오던 것이 안전한 병에 담겨
한방울도 흘리지 않고 한방울도 더하지 않고

아무것도 적시지 않고 돌아서 왔다

삶의 여정도 그렇게 흘리지 않고 적시지 않고 스며들지
않고
안전하게 담겨 오기를 열망한다
땀은 석유값으로 지불하고 삶은 병 속에 갇힌다

먼 길 돌아 흘러온 듯하지만
이 물은 떠난 적도 없고 살았던 적도 없다
뚜껑을 열어 비로소 마취에서 깨어나기 전까지

패닉

어쩌다 한밤중 산길에서
올려다본 밤하늘
만져질 듯한 별들이 패닉처럼
하얗게 쏟아지는 우주

그 풍경이 내게 스며들자
나는 드러난다
내가 폐허라는 사실이

죽음이 갯벌처럼 어둡게 스며들고
사랑이 불같이 스며들고
모든 질서를 뒤엎고 재앙의 붉은 피가 스며들 때
나는 패닉에 열광한다

내게 고귀함이나 아름다움이나
사랑이 충만해서가 아니다
내 안에 그런 따위는 눈을 씻고 봐도 없다
그런 따위로 길이 든 적도 없다

다만 가쁜 숨을 쉬기 위해서
갈라터진 목을 축이기 위해서
존재의 소멸이 두려워 손톱에 피가 나도록
매달린 적은 있다
고귀함이나 사랑 따위를 발명한 적은 있다

패닉만이 닿을 수 없는 낙원을 보여준다
나는 그 폐허를 원형대로 건져내야만 한다

호모에렉투스

타이어를 껴입고 배를 깔고 바닥을 기며 구걸하던 걸인이 비가 오자 벌떡 일어나 멀쩡하게 걸어가는 모습에 어이없는 배신감을 느낀다지만

상인에게 상술은 문제 삼지 않으면서 걸인에게 동냥의 공정거래를 요구할 참인가 정치꾼들의 쇼는 전략이라는 건가

사지 멀쩡한 놈이라고 혀를 차지만 사지 멀쩡한 거지가 없는 세상이라면 모를까 구걸할 수밖에 없는 세상이라면 구걸 가운데 어떤 구걸이 도덕적인가

비참해야 하는데 덜 비참한 것이 문제였을 것 발밑에서 계속 기어야 하는데 머리를 처들었기에 혐오가 생겼을 것 고귀하고 선한 본성에 상처를 입혔다는 건가

머리가 땅에 닿도록 굽신대며 표를 구걸하고 신분을 위장하고 머슴입네 간을 빼줄 듯이 가난한 자의 발바닥이 되겠다던 정치인들의 계급 위장은 고상한 전략인가

생존을 위해 직립을 포기해야 하는 사람들이 그들뿐인가
진화를 교란하고 기적을 연출하는 인간들이 그들뿐인가

배를 깔고 바닥을 기다 멀쩡하게 일어나는 기적과 숙였던
고개와 바닥에 깔았던 신분을 벌떡 일으켜 세우고 거만한
지배자가 되는 것 가운데 어느 것이 더 도덕적인 기적인가

무엇에 저항해야 하는지는 알겠으나

동물원도 진화를 거듭하겠지 그리하여 훗날
누군가 동물원에 철창을 없애자는 법안도 발의할 것이다
동물권을 위해서라고 장황하게 떠들겠지만
밖에는 자유가 사라지고 없기 때문에
개나 고양이처럼 고분고분해질 것이고 그들도 돌아갈 초
원이
다 사라지고 없다는 것을 알 것이기에

노예들이 탈출하는 일은 목숨을 거는 일이었다
채찍과 총을 든 주인 때문이 아니라
밖에서는 굶어 죽기 때문에
경작할 땅에는 모두 총을 든 주인이 있기에

공장을 떠나는 일은 목숨을 거는 일이다
공장 밖에는 밥이 없기 때문에
자유를 긁어모아 공장을 세웠기에
꿈속까지 공장이 들어섰기에

공장 밖에 자유가 있으면 뭐해 밥이 없는데 밥이 자유지
그런데 밖이 뭐야? 무얼 밖이라는 거야? 상상이 안돼!

정규직 노예가 되고 싶다 비정규직 노예를 철폐하라
불안정 노예를 정규 노예화하라고 외쳐야 한다

인간에게 자유에 대한 새로운 감각이 생겨난 것이다

자유를 팔면 자유보다 귀한 것을 얻을 수 있다고 믿게 되
었다
자유를 반납하면 더 풍족한 삶을 얻을 수 있다고 믿는다
이제 들판의 자유는 패배자의 위안일 뿐이라고 믿는다
새로 구입한 것이 자유인지 아닌지 그런 따위는 중요하
지 않다
철창을 걷어낸 후에도 들판으로 갈 수 없다

철거

아무리 봐도 손목뼈다

재개발 현장 산더미 폐기물 무덤
깨진 벽돌 슬레이트 쪼가리 부서진 기왓장 구겨진 씽크대
뜯겨진 문틀 포마이카 밥상 부서진 액자 구겨진 흑백사진
아이들 책가방 삼각자 물안경 메달
나훈아 테이프 동의보감 토정비결 보일러 2급 시험문제집

뜯어낸 것이다 불법광고물 뜯어내듯이 삶들을
누군가 백골이 되도록 누워 있었고

레이스 달린 속옷과 뜨개질 실뭉치
오래된 교과서와 콘돔과 비타민 약병
목화솜 이불과 과실주 담근 병과 아이들 상장

긁어낸 것이다 눌어붙은 장판 긁어내듯이
포클레인이 지붕을 파고들고
철거반원이 울부짖는 사람들을 들어낼 동안에도

붙들고 있었을 것이다 귀도 눈도 썩어 없었으나
손목은 끝내 붙들고 놓지 않았을 것이다

허공 기차

오후에 일어난 재수없는 접촉사고는
아침 그 시간에 집을 나섰기 때문일 수도 있고
평소와 달리 점심을 좀 길게 먹은 탓도 있겠지만
어떤 타성은 스스로 거부하는 것에 손을 뻗게 만든다

오늘 10시 12분에 예약된 기차를 타기 위해 나갔다면
몇시에 잠자리에서 일어났든
거름을 져 날랐든 책을 읽었든 걸어서 갔든 버스를 탔든
10시 12분에 원인은 소멸하고
예약된 승객들과 함께
12시 35분에 서울역에 도착한다
저녁에 화물차가 흙탕물을 튀길 때
그 시각 그 장소에 있었던 사건은 아침에 보낸 시간과 무
관하다

집을 나서다 서류를 두고 나와 헐떡이며
다시 돌아가거나 지난밤 변덕스러운 여자 때문에
후줄근해져서 다음 날도 그다음 날도 나는 나에게서

정체되고 체중이 일어난다 나를 타성적으로 밀어내고
기억의 패잔병들이 해묵은 전쟁을 시도하고
나의 슬픔도 타성적이다

나의 의지도 저항도 다분히 타성적이다
그래서 나는 종종 기차를 타러 간다
허공을 통과해 떠난 자리로 돌아오는 기차를

시총(詩塚)과 백비(白碑)

어릴 적 대추가 붉게 익을 무렵이면 강을 건너
성묘 다니던 그 산길에서 보았다
굽이진 강이 내려다보이는 야트막한 언덕 양지바른 곳
큰 무덤들 가운데 유골 대신 시가 묻혀 있다는 무덤 하나를

임란의병을 일으켜 싸우다 전사한 한 선비의
시신을 찾지 못해 그를 아끼는 벗들과 가족이 쓴 시와
그의 시를 모아 시신 대신 장사를 지냈다는 그 시총을

배를 타고 바다를 건너 제주에 가서 보았다
수만명의 양민이 학살된 현장에 아직 세우지 못하고 아
직 한 글자도
쓰여지지 못하고 누워 있는 흰 비석 하나를
그 많은 무고한 죽음에 이름을 얻지 못한 백비를

시가 그 사람이라면 시의 숙명이 애도라면 그 무슨 증거
가 못될지라도
애도의 봉분이 되어 지키고 있어야 하고 아무 이름을 부

여받지 못할지라도

　백비가 되어 서 있어야 하는 건 어쩔 수 없는 시의 운명
일까

　어느날 어둡고 짙푸른 골짜기에 나는 몸을 잃고 묻혀 있다
　무덤 앞에 백비 하나 세워두고

광활한 폐소

끝없이 드넓은 땅을 찾아간 적 있었다
종일 차로 달려도 언덕진 곳 하나 없는 땅
사방 산으로 둘러싸여 지평선 한번 본 적 없는 나는
얼마나 기대에 부풀었던가

가도 가도 끝이 없는 광활한 경작지
그곳에서 나의 감격은 잠깐
곧 체한 듯 가슴을 짓눌러오는 것이 있었다

펼쳐짐의 끝없는 반복
멈추지 않는 직선의 되풀이
반복의 무풍지대에 표류한 듯
광활한 폐소,
정지의 답답함이 통증처럼 짓눌러왔다

야생의 땅이 아니어도 그 장엄함이 나를 압도할 줄 알았
는데
그곳에서 차이는 오직 길이와 질서 잡힌 넓이뿐

그것은 익숙한 통증이었네
끝없이 반복되는 노동,
수십만명이 같은 옷을 입고 한꺼번에 들어올리는 팔
수백만명이 동시에 접속하는 조잡한 문장이여

가도 가도 끝없이 되풀이되는 땅이여
반복된 단위들로 환산된, 사라진 광야여

꽃이 나를 선택한다

빌딩숲 그늘에 별나게 화사한 꽃이 있어
몸이 먼저 쏠려 다가갔지만
플라스틱 꽃이다
하지만 속을 다 본 뒤에도 설렘이 그치지 않는다
여전히 꽃은 어여쁘다

플라스틱 꽃아 너도 꽃이다
네가 꽃이기에 부족한 것이 무어냐
꽃과 꽃 아닌 것의 구분이 이 도시에서 무슨 의미냐
도시의 기대만큼만 피는 네가 왜 꽃이 아니겠느냐

너는 공장에서 찍혀나온 것이 아니다
진짜 꽃들의 무정란에서 태어난 거다

폐기물을 위장하기 위해 피어야 하는 꽃
씨를 맺을 때까지 기다려주지 않는 꽃
유전자 조작으로 씨를 맺을 수 없는 꽃
벌도 흙도 없는 곳에 갇힌 꽃

그 꽃들이 너를 낳았다

비애와 치욕의 유전자를 말끔히 제거한
아니, 비애와 치욕의 유전자만 보유한 무정란에서
치욕으로 환한 꽃을 피웠다

봉오리 맺는 일도 낙화도 허락되지 않는 것은 마찬가지다
오직 피어 있음만 허락된다
우리도 착취당할 능력이 있는 동안만 생존이 허용된다
플라스틱 꽃아 꽃보다 네가 이 도시에서 더 꽃답다

완전연소의 꿈

모두가 바다로 향할 때

타는 사막으로 가는 강이 있다

모두가 풍요의 땅으로 향할 때

마른 대지에 자신을 먹이고 증발하는 강이 있다

붉은 흙먼지에 목이 말라붙은 어린 생명들 먹이고

타는 사막을 건너온 어미들 모래 쌓인 젖가슴에 젖을 만
들고

모두가 안식의 바다를 꿈꿀 때

갈라진 목구멍을 향해 달려가는 강이 있다

물은 알고 있다 타는 목을 적실 때 물의 생명이 비로소

시작된다는 것을

　기진한 대지에 스며들 때 비로소 강의 생명이 완성된다는 것을

　타는 대지에 자신을 소멸시키는 것 아니라

　대지의 마른 생명을 얻어 자신을 완성하는 것이다

제2부

피의 대칭성

백나일 강 유역에서는 근세까지도 왕을 살해하는 전통이 이어져왔다는데 신화시대에는 지구 남쪽 여러곳에서 칠년 주기로 혹은 십이년 주기로 왕을 살해하고 흉년이 들 때 가축들이 번식을 못할 때 달과 행성과 황도 12궁을 살펴서 사제와 족장들이 주기적으로 왕의 목을 매달았다는데

나는 그 신화를 읽으면서 인류가 왜 그 전통을 넓게 이어가지 못했는지 오년마다 새 대통령을 뽑기 전에 대통령의 목을 따는 의식을 치르는 훌륭한 제도가 왜 정착을 못했는지 궁금했다

하지만 곧 내 생각이 미숙했음을 알았다 이미 역사는 신화의 부활을 끊임없이 시도해왔다는 사실을 잊고 있었던 것

역사시대에도 왕들은 끊임없이 살해되었다 역대 이 나라 왕들도 제명에 죽은 자가 몇 되지 않는다 자기 아들에게 살해된 왕도 부지기수다 짜르와 대통령들도 군중에게 살해되어왔다 때를 놓쳤을 때는 시체와 동상의 목을 요구하기도

했다

　왕들도 반란을 했을 테지 자신의 목을 따는 사제를 제거
해왔을 테지 사제가 사라지자 군중이 사제를 대신했을 때
왕들은 군중도 제거해왔지만 그것은 오히려 자신의 권좌를
무용지물로 만드는 것이기에 자신이 밟고 있는 군중을 밟
은 채로 헌법 제1조에 올려놓고 가상의 주권을 허용하고 가
상의 살해를 허용해왔던 것

　하지만 군중이 기억하는 신화는 투표 살해가 아니라 피
의 기억이었다 신화는 대칭을 요구했고 왕의 목은 저울의
반대편에 놓이길 원했던 것

　권력의 무능과 횡포와 배제와 교만과 혐오와 차별과 학
살과 수탈과 무모한 전쟁으로 얼마나 많은 목숨들을 파탄
에 빠뜨리고 사지로 몰고 갔는지 공권력이 불에 태워 죽인
사람들과 수장시킨 목숨들이 구천을 떠도는데 임기를 마친
왕의 명예로운 퇴진은 인신공양을 존속하자는 제도였던 것

아직도 권력이 신화를 낳고 있는 곳에 신화는 살아서 피
의 대칭을 요구하고 있다

여신상

해수욕장 들머리에는 여인의 몸을 빚은 조각상이 있었다
어른 키보다 높은 곳에 올라선 여인의 신비한 자태를
보는 순간 나는 놀라서 숨이 멎을 뻔했다
얇은 수영복 차림에 늘씬하고 풍만한 몸매 다 드러낸 채
두 팔을 높이 치켜들고 먼 곳을 응시하고 있는 여인상

비포장 완행버스 세시간을 달려
아버지 따라가서 처음 본 열살 적 바다
몸에 막 눈뜨던 아이가 처음 만난 여인의 몸
우러러야 보이는 높은 곳에 당당히 선 여인의 몸

부끄러워 감추던 몸
낮은 곳에서 웅크리던 몸
드러내면 부정해지는 몸
노동에 뒤틀린 몸
부푼 가슴을 눌러 감춘 몸
올려다볼 수 없는 눈
팔 들어올리기가 금지된 몸

그런 몸만 봐온 내 눈에 여인상은 너무도 구름 같아서
딱 한번 봤으나 암각화처럼 기억에 새겨졌다

성인이 되었지만 우리는 오래 팔을 들어올리는 일이 금
지된 세월을 살았다
젊은 나이에 거친 노동으로 어깨가 무너졌다
굽은 몸을 일으킬 수 없는 시대를 살면서
나는 자주 훤칠하게 몸을 일으킨 여인상을 즐겁게 떠올
려보았다

어느날 포항을 지나가다 여인상을 다시 찾았다
수십년 지났지만 여전히 그곳에 그대로 있었다
하지만 그 여인상은 그때 그 모습이 아니었다
시멘트로 조악하게 만든 장식품 같았다
페인트가 칠해져 있었고 볼품이 없었다

그러나 그 여인은 내가 최초로 만난 신화였다
푸른 바다 거품 속에서 탄생한 여신이었다

하지만 여전히 나는 알지 못한다
통속과 예술의 차이를

뒷면

액자의 뒷면처럼 납작해졌네
그저께 앰뷸런스에 대문 열던 집
오늘은 영구차가 다녀가면서
십년 누워 지내던 사람 끄집어내는 동안
감추어졌던 뒷면이 잠시 앞면이었다가 사라지네

내다 걸기 위해서 내다 걸지 못하는 면을 만드네
종일 마주치는 건 세상의 앞면뿐
언제나 전방 주시 의무를 잘 지켜가는 삶들

신문도 앞면만 배달되지 입이 있어도 말 못하는 사람들
묵묵한 사람들 뒷면만 거니는 사람들
그 뒷면에는 활자가 없네 배달되지 않네

뒷면엔 못질이 되어 있네
뒷면은 벽에 달라붙어 숨도 못 쉬네
뒷면으로 추락할까 안간힘을 쓰지만 누구나 곧 못에 걸
리네

뒤에도 옆에도 사방 얼굴을 가진 열두 얼굴 부처님은
사방팔방이 앞면이네
그곳엔 밤도 죽음도 앞면이네
바퀴는 앞면 뒷면이 같은 면인데

굴러갈 수 없도록 얇은 면이 되네
점점 얇게 펼쳐져 박막 같은 면이 되네
앞면이 뒷면이네

참수

네윈 이율드름(26)은 터키에 사는
두 아이의 가난한 엄마
남편이 멀리 일하러 가고 집을 비울 때면
이웃에 사는 친척 누레틴 기데르(35)가
그녀를 성폭행하고 학대했다 그의 아이까지 임신했다
반항하는 그녀를 협박하고
아이들 목을 칼로 위협하기도 했다

남편이 일하러 떠난 그날도 남자가 담을 넘어오고 있었다
그녀는 아버지의 총을 들고 나와 쏘았다
그래도 분이 다 풀리지 않았다
맨발로 거리에 나갔다
모여 앉아 빈둥거리는 남자들에게 다가갔을 때
그녀를 본 남자들은 또 쑤군대며 낄낄거렸다
그녀는 남자들 한가운데에 손에 든 것을 내던졌다
모두 기겁을 하고 뒤로 나자빠졌다
남자의 머리통이었다 그녀는 말했다

내 뒤에서 쑤군거리지 마라
내 명예를 우습게 여기지 마라!

쑤군거리는 자들 가운데 머리통을 던졌다는
기사 대목에서 내 가슴에 불이 활활 일었다

우리는 지난 시절 더러운 체제의 목을 베어
광화문 네거리에 내던지고 싶었다 하지만
우리들 비루한 모가지들도 그 더러운 체제에 기생해 있
었다

어두운 곳으로 가서 나는
안이비설신의(眼耳鼻舌身意) 내 모가지를 참수하여 거리
에 내던지고 싶어
거울을 만들려고 벽돌을 갈고 또 간 일이 있었다

내 생의 최대의 불안은 내 모가지가 든든히 붙어 있는 거
였다

국수 먹는 법

국수 먹을 때 나도 모르는 버릇
꼭 그렇게 먹더라는 말 듣는 버릇

아버지 짐자전거 연장통 위에 앉아
먼짓길 따라나선 왁자한 장거리 국숫집
공터에 가마솥 걸고 차일 친 그늘
긴 의자에 둘러앉은 아버지들

마차꾼 지게꾼 약초장수 놋그릇장수
고리체장수 삼밧줄장수 고무줄장수
바지게 괴어놓은 소금장수
허기 다 채울 수 없는 한그릇 국수 받아놓고
젓가락 걸치고 국물 먼저 쭉 바닥까지 비우고는
보소 여 메레치 궁물 좀 더 주쇼,
반쯤 채운 목에 헛트림하고 나서
굵은 손마디에 부러질 듯 휘어지던 대젓가락
천천히 놀리던 손톱 문드러진 손가락들
남매인지 부부인지 팔다 만 검정비누 봇짐 껴안고

둘이서 한그릇 시켜놓고 멸치 국물 거듭
청해 마시고 나서 천천히 먹던 국수

지친 다리 애간장에 거미줄처럼 휑한 허기
숭숭 뚫린 허기 다 메울 수 없었던 한그릇 국수
국수를 받을 때면 그 시절 허기 추모라도 하듯
두 손 받쳐 들고 후루룩 마시는 내 버릇
먹어도 먹어도 돌아서면 허기지던 국수
국수 받을 때면 저리도록 그리운 아버지

빈집

빈집을 보면 사람들이 쑤군거리지
사람 떠난 집은 금방 허물어지거든
멀쩡하다가도 비워두면 곧 기울어지지
그건 말이야 사람이 지독해서야

벽과 바닥을 파먹는 것들
기둥을 물어뜯는 밤의 짐승들
쇠를 갈아 먹는 습한 이빨들
사람 사는 걸 보면 질려 달아나지
사람 사는 일이 모질어서야 그건

그랬지 내가 허물어지던 때마다
내게서 사람들이 빠져나간 뒤였지 그땐
나를 구원하러 온 것마저 내게서 빠져나갔지
타인의 욕망이 나를 버티게 하는 힘이 된다는
사실도 인정하지 못했지

삶의 하찮은 몸짓들 식욕들 쾌락들 하찮고 하찮은 구원들

그 비루한 소수자들이 빠져나가면 집은 곧 허물어지지

나는 언제나 집을 떠나려고만 했지
굼벵이처럼 비루하고 구차하고 역겨워서 그랬고
사람 사는 일이 슬퍼서 그렇게 하지 못했지
사람의 모진 것들이 자꾸 밉고 슬퍼서

뭔가를 하는 거다

얼굴 반쪽이 흘러내렸고
목발을 짚었고 때 전 플라스틱 그릇을 든 사람이
흘러간 유행가를 부르며 내 앞을 흘러간다
도무지 이 세련된 도시의 지하철에서 밥을 구하는 방식
이 아니다

주든 말든 그릇을 내밀지도
참담한 표정도 애걸하는 눈길도 주지 않는다
목에서 나오는 소리는 노래인지 게워내는 소리인지 모를
지경이다

그러나 그는 그렇게 무엇이라도 하고 있는 거다
자신이 가진 것 무엇이라도
불쑥 손바닥을 내밀거나 비참을 연출하지도 않는다
뭔가를 하는 거다

들판에는 아무리 하찮은 몸짓에도 굶기는 법이 없다
누군가의 꾸물대는 몸짓도 누군가의 숨구멍이 되고

누군가의 똥도 누군가의 양식이 되기도 한다
누군가의 슬픈 노래도 누군가의 사랑을 깨운다

서늘하게 내 앞을 지나가는 것
그렇게 뭔가를 하고 있는 것
서늘하다는 것
오직 내게 주어진 것 그 이상이 없다는 것
눈을 번들거리며 제 자리를 바꾸지 않는다는 것
순환이 되는 뭔가를 차별이 없는 뭔가를
자신이 가진 것 전부를 다해 자신을 잃어버린다는 것
아직 별을 잃어버리지 않고 있다는 것

꽃가루가 바람을 타고 가듯이

잣나무와 잣나무 사이에 참나무와 억새가 있고
벌과 벌 사이에 동박꽃이 있고 나비가 있고
산과 산 사이에 바람과 새들이 있고
그들 사이에는 다른 무엇이 있습니다
그들은 다른 무언가와 둘러앉았고
만날 때 무언가와 함께 만나야 합니다

그대와 나 사이에 물이 있고 나무가 있고
출렁이는 것들이 있어야 합니다
그대와 나 사이에 들이 있고 비바람이 있고
흐르는 것들이 있어야 합니다
그들과 나 사이에 다른 그들이 있어야 합니다

그대와 나 사이에 너와 나만 있어서는
그대와 나 사이에 소란한 도시의 정적만 있어서는
서로 건너가지 못합니다
말이 건너가려면 사물의 징검다리가 있어야 합니다
흐르는 저들이 있어야 합니다

출렁이는 저들이 있어야 합니다

꽃가루가 나비 날개에 묻어가듯이
작은 날갯짓에 씨앗들이 실려가듯이
흐르고 출렁이는 것들에 실려야 합니다
그대와 나 사이에 푸른 염소 한마리 있어야 합니다

개

병원 문을 밀고 들어간 주인이 다시 나오지 않자
매일같이 찾아와 문 앞에 엎드려 목을 빼고 기다린다

주인이 살아 돌아올 수 없다는 걸 알았더라도 개는
기다리는 일밖에 달리 할 일이 남아 있지 않았다

일생 동안 주인에게 자신을 던져주어
개의 거죽 속에는 개가 별로 남아 있지 않기 때문이다

야생을 버리고 오랜 굴욕을 견디면서
송곳니와 무리를 버리고 종족의 고독을 버리고
주인에게 안겨들면서 개는 거의
개를 벗긴 했지만 그다음이 텅 비었던 거다

주인이 불러주는 방식으로 완구가 되었다가 도어폰이 되
었다가
움직이는 그림이 되었다가 제법 완전한 사람도 되었다가
주인이 없을 때 나는 뭘까 하다가

개는 개가 돼보려고 해도 잘 되지 않는다는 걸 알았다

저 문으로 들어갈 때 주인이 가지고 간 개를
돌려받지 못해 개는 자신이 누구인지 자신을
기다리는 일밖에 어디에도 개는 없었던 거다

야생의 부싯돌을 켤 고독을 잃어버린 순간
개로부터 개가 희미해지기 시작했지만
자신을 개 안에 두는 것보다 개 밖에 두는 것이
생존의 가능성이 더 높았다
그러자 곧 혈관에 굴욕의 달콤함이 흐르기 시작했다
간혹 목이 근질거려 피가 나도록 짖어보아도
개 소리만 나올 뿐 원래의 목이 터지지 않았다

개는 이제 어두운 밤으로 떠나야 한다는 것을 안다
야생의 밤이 아니라 도시의 밤을

오래된 숲

박수 소리 들리고 사람들이 빠져나가고
나도 일어서려는데 서너명의 여자들이
다가와 웃으며 손을 내밀었습니다
인디오의 피를 얼마씩 물려받은 듯
얼굴은 검은 편이고 손은 거칠어 보였습니다

우린 당신이 하는 일을 존중한답니다
통역자가 그들의 말을 전해주긴 했지만
무슨 뜻인지 알 수 없었습니다

한 여자가 작은 책 한권을 내밀었는데
컬러 표지에 에바가 환하게 웃고 있었습니다
속표지를 펼쳐 손가락으로 짚어주는 그곳엔
스페인어로 또박또박 쓴 문장과 이름과 이메일까지 적혀
있었습니다
에바에 관한 것인지 글의 뜻을 말하려고 그러는지
뭔가 꼭 덧붙이고 싶어했으나 행사장 소음에 묻혀
통역자도 잘 알아듣지 못한 모양이었습니다

나는 그 표정을 무성영화처럼 읽어야 했는데
문득 어지러운 내 머릿속에 말간 한 단어가 떠올랐습니다
프롤레타리아!

손을 내밀며 금세 젖어버리는 저 표정
사소한 일에도 저리 간절하게 짓는 표정
당신도 그렇지 않아? 동의를 구하는 표정
방금 만났지만 우린 같은 걸 느끼고 있는 거죠?
우린 이미 모르는 사이가 아니잖아요 그렇죠?
안 그래요? 그렇게 묻는 표정

프롤레타리아, 계급 아니라 인간의 온기
지상의 모든 사람들이 하나씩 간직한 손

우리 모두 오래된 숲에서 오지 않았느냐고
객지에서 만난 고향 누이들처럼
또 한번 뒤돌아보고 손을 흔들며 멀어져가는 그들

오어사(吾魚寺)에서

오어사 가서 얻은 한 생각이 뇌로 가지 않고 위장으로 창자로 똥구멍으로 간다 원효와 혜공이 물고기를 잡아먹고 똥을 누자 고기들이 펄쩍펄쩍 뛰며 되살아났다는데

글이 뇌를 절개하고 들어오는 것을 나는 바라지 않는다 생각이 생각을 저미는 것을 나는 원하지 않는다 살과 적혈구와 뼈와 호르몬과 젖산들은 왜 손을 놓고 있나

땅에 뿌리를 내린 생명이 땅을 지배할 수는 없는 법 몸의 정교함과 몸의 생기에 비해 뇌의 생각들은 얼마나 잡스럽고 천박하고 조악하고 권위적이고 포르노적인가

생각이 오월 강 찾아온 은어떼처럼 푸드덕 몸 거슬러오르지 못하고 몸은 철철 흐르는 강이 되지 못하고 몸을 통과한 생각들이 똥구멍을 지나 펄쩍펄쩍 살아나지 못하고

조국은 위대해서는 안된다

가난한 자들의 빵을 위해 싸우지만 그 빵을 먹은 사람들을 지배하고 자유를 박탈하는,

혁명을 안겨주겠다지만 혁명 이전보다 더 나쁜 나라를 만드는,

굶주려 국경을 넘는 사람들 등에 총을 쏘는,

조국은 위대해서는 안된다

뿔의 정면

몸은 타는 숯불을 삼킨 것 같고
심장은 얼음처럼 차갑다
목구멍에 울컥 뜨거운 핏덩이 넘어오고
마지막 내릴 칼날은 눈앞에 있다

투우장엔 빈틈없이 죽음이 짜여져 있다
각본의 시작은 마지막 장면이며
최후의 장면은 시작으로 마무리된다
입에 털어넣은 독주처럼 피에 취하는 일밖에

이미 돌이킬 수 없는 선고가 떨어진 광장이다
칼끝과 몸 사이 짧은 거리에 피할 수 없는 영원이 있다

죽음을 받아들이면 광장은 사라진다
뒷걸음질 쳐도 광장은 증발한다
오직 죽음을 향해 달려가는 힘이 광장을 조여온다
그렇게 삶은 어느 순간 뿔처럼 정면뿐이다

제3부

허공의 꼭지

담장을 타고 오르던 장미 줄기
꽃이 피자 허리가 휘어져 바닥으로 눕는다
송어리가 뭉글뭉글 구름처럼 피던 불두화
꽃이 만발하자 가지가 찢어진다

꽃에도 무게가 있었구나, 그랬던가
그 엄연한 사실을

왜 몰랐을까 피어오른다 해서
수소처럼?
정신의 드높은 이상처럼
허공을 딛고 피어난다 해서?

뜨거운 태양과 질퍽한 썩은 오물로 키워낸 몸
드러내고 싶은 욕망의 들뜬 핏줄들
벌겋게 달아오른 자궁과 달고 역겨운 진액들과
향기와 악취를 함께 투기하는 악의적이고 선한 자태와
한없이 순결한 향기를 뿜어 방금 똥을 핥던

추잡한 것들을 꾀어서 시도하는 교접과
정액과 미움과 고귀함이 뒤섞여 분출하는 정념과

생의 절정을 노래하는 고결한 영혼의 수소가 아니라

달아오른 정염의 힘을 빌려
비굴하고 악의적인 것까지 밑불로 삼아
한사코 피워내고 싶어하는 저 지점
허공의 꼭지에 저 환한 것을 밀어넣고 싶어 안달하는
저 악의적이고 선한 물질의 절정

무장지대

여기서 저기 붉은 깃발 손짓하는 지점까지가
비무장지대다
이로써
우리는 무장지대에서 살아왔다

동쪽 바위섬 독도
서쪽 수중 바위섬 가거초
남단 물 아래 섬 이어도
대륙붕 이백해리 물 위의 금
그곳에서 다시 시작되는 무장지대

무장되지 않았다는 건
아직 덜 떨어진 영토라는,
점령 전쟁을 기다리는 땅이라는,
완성되기 위해 포탄이 퍼부어져야 할 땅이라는,
길들지 않아 야만의 살기가 휘감기는 땅이라는,
무기 주둔 없이 이름을 얻을 수 없는 땅이라는,

땅 아니라 이건 영토

우리가 어머니라 불렀던 건 땅 아니라 사정권 안쪽의 국토

출구를 알 수 없다

나의 상상력이

이로써

무장지대를 벗어나본 적이 없다

변신

화장기 짙은 여자가 길에서 알은체를 했다
사람 잘못 봤나 목울대를 보니 아는 얼굴이다
예전에 한동네 살던 노상 침울하던 청년이다
공수부대 제대하고 부산 가서 요리산가 한다더라
여자가 되었다더라 지나가는 소문도 들었다

잡은 손의 감촉이 속살이다 그의 몸 모든 부분이
성기 부근일 것 같은 천박함이 후덜거린다

잘했다 잘했어! (엉겁결에 내 입에서 튀어나왔다)
더러운 세상 볼 거 뭐 있어!
(이 말은 목구멍에서 튀어나오기 직전에 간신히 억눌렀다)

질식해서 죽는 줄 알았다구요!
(질식해서 죽어가는 여자를 끄집어냈단다)
축하해!
(이 한마디에 그의 얼굴이 정말로 순식간에 밝아졌다)

그녀가 나를 보고 따라와보라고 했다

나는 왜 아직도 나를 다 졸업하지 못하는가

나는 왜 마르고 닳도록 관행적으로 나인가

내 안에 짐승도 있고 바람도 있고 나무도 있고

기괴한 빛도 있고 야수들도 수두룩한데

따라가 질식해서 죽을 것 같은 야수 한마리 끄집어내봐
야겠다

나를 잡아먹도록

초승달

시골집 새벽 정적
잠결에 듣는 닭 울음소리

아랫마을에서 들려오는 소리가
강을 건너오는 듯 멀다

건넛마을에서 우는 소리가
수평선 너머에서 우는 듯 멀다

그리운 것들은 언제나 멀리 있어서
그리운 것들은 언제나 저 너머에 있어서

목을 빼고 부르다
멀리 있는 것들 부를 일 없어도
가까이 있는 것들이 더 그립게 된 뒤에도
길어진 목을 빼고 부른다

다락에 숨어 잠든 아이 찾느라

물가에 가서 애타게 부르던 어미처럼

두근거리지 않아도 나는 무엇인가 그립다
그립지 않아도 두근거린다
두근거림은 다시 멀리 있는 것들을 부른다

기억의 소수자들

불을 끄고 화장실을 나와 외출을 하고 돌아왔는데
화장실에 불이 켜져 있다

새 책을 꺼내 읽으려고 펼치는데
밑줄이 그어져 있다

버리려고 쓰레기통에 던져둔 메모지가
책상 위에 놓여 있다

유령이 사는 걸까
경계심을 풀어서는 안된다
나는 천천히 인정해야 했다
망각이 사는 걸까

망각은 쓰레기처럼 제외될 뿐이지만
쌓이고 쌓인 기억의 지하실이다

날아온 화살도 없는데 불쑥 경련이 일어나는 것도

부르지도 않는데 노을을 따라나선 것도
바람이 불었을 뿐인데 다리가 풀려버린 것도

그대도 잊고 그리움만 남듯이
망각은 쌓여 늪이 되어 더는 비워버릴 수 없다
권위는 역전된다
잊혀진 의미들
기억의 소수자들
기억의 권위에서 버려진 것들의 반란이 시작되었다

대지의 인간
철탑 농성 노동자들에게

자신의 나라에서 우리는 자주 난민이었다
자신의 나라에서 우리는 자주 불법체류자였다
자신의 나라에서 우리는 자주 보트피플이었다

젊었을 때 그것은 젊은 날의
고독한 낭만적 비애인 줄 알았다
우리의 노동이 부족해서인 줄 알았다
애국심이 모자라서인 줄 알았다
불우한 민족의 슬픔인 줄 알았다

하지만 피땀을 쏟아내도 우리는 언제까지나
정상 국민이 될 수 없었다
우리의 배경으로는 정규 시민이 될 수 없었다
우리의 신분은 종종 계약 해지된 상태였다

선거에서 정의가 승리하고 만세를 부르고
노동자는 철탑에 올랐다
선거에서 국민이 승리하고 카퍼레이드를 하고

노동자는 송전탑에 올랐다
선거에서 민주주의가 승리하고 정권 교체를 하고
노동자는 굴뚝에 올랐다

그러나 나쁘지 않다
우리를 받아들였다면 우리 모두 국토에 길이 들었을 것
이다
우리는 대지의 인간이길 원한다

악몽

플랫폼에 기차가 들어왔다
길고 커다란 관이 들어왔다

관 뚜껑 같은 문이 열리고 그가 관 속에 올랐다

나는 주머니에 든 주먹이 펴지지 않아
손을 흔들지도 못했다

관 뚜껑이 쾅 닫혔다
기차가 떠나고 나자 내가 서 있는 곳이 관 내부였다

그는 다시 돌아올지도 모른다
이건 어디까지나 여행이니까
그가 다시 돌아온다는 건 얼마나 슬픈 일인가
돌아와 발견하게 되겠지
관 속의 나를

나는 손이 펴지지 않아

손을 흔들지도 못했다

자식 같은 것들

방 하나가 A4 용지만 하다
옆도 뒤도 돌아볼 수 없다
꺼지지 않는 전등불에 시간이 꽝꽝 못질 돼 있어
오래 살았는지 잠시 잠깐 살았는지 모르겠다
앞면만 있는 얼룩인데 뒤에서 쑥쑥 뭐가 자꾸 나온다
뭔가 나오는 동안은 죽음을 피할 수 있었다

저녁 무렵에 철창이 열렸다
문이 열린 걸 보니 드디어 죽었다
죽으면 걸어야 하나보다
저승에는 땅이란 것도 있구나
뒤도 있고 옆도 있다 날갯짓도 할 수 있다
죽으면 나머지 몸도 생기는 거구나
저기 이상한 녹색 기둥도 있다 저기 푸른 천장도 있다
노란 것들이 땅에서 향기를 피우네 야릇한 밤도 있구나

저기 사람이 울고 있다 땅을 치며
자식처럼 키웠는데 자식처럼 키웠다 한다

사람이 할 짓 아니라 한다
우릴 보고 하는 소리 같다
옴짝달싹 못하게 해놓고 알 못 낳는 그날로
기계에 던져 갈아버리는 우릴 보고 자식 같다 한다

저긴 또 어딘가 깊은 흙구덩이로 몰아간다
저승 다음으로 가는 곳인가 흙냄새가 황홀하다
풀냄새 아득하다 어쩐지 눈물이 난다
저기 저 붉은 노을 좀 봐 하늘을 나는 것들 좀 봐

저기 우는 사람들 좀 봐
암만 봐도 저들이 우리 자식 같다

청량리행 완행열차

탱자나무 그늘에 숨겨둔 보따리를 꺼내 주면서
어둡거든 역전에 가져다 달라고 했다
아무한테도 말하면 안된다 입술에 손가락을 댔다
누런색 뽀뿌링 보따리에는 친구 누나 냄새가 났다

역 광장에는 달이 떠 있었다
달에 착륙하기 위해 암스트롱은 달 궤도를 빙빙 돌고 있
었다
나도 집이 싫었다
내 머리 위에는 언제나 아폴로가 불을 뿜고 있었다

과수원 일로 몸뻬만 입던 누나는 밤색 주름치마를 입었다
흰색 블라우스 입은 열여덟살 가슴에 살구 냄새가 났다
보따리를 건네고도 플랫폼까지 따라갔다

동혁이도 아나?
모린다
누나 엄마도 아나?

모린다

내가 말하까?

맘대로 캐라

보따리에 뭐 들었는지 내 안다

니 말했다 카머 때리쥑이뿔 끼다!

누나는 손수건을 꺼내 코를 풀었다

기차가 들어오자 갑자기 내 귀를 만지작거리며 훌쩍거

렸다

니는 귀가 잘생깄다!

엄마가 떠난 그 열차

청량리행 완행열차는 아홉시 반에 떠났다

시간 광장

증기기관차가 들어오면 꼭 어울릴 낡은 읍에 가서 간판 글자 절반은 달아난 전파사 구석 먼지에 구겨진 삼십년도 더 지난 에로이카 전축과 턴테이블과 LP판 백여장 합계 십삼만원에 사서

집으로 온다 모처럼 종일 두근거린다 스마트폰 사서 제발 카톡도 하고 SNS 좀 하라고 누가 당부하며 준 돈이다

하루는 배호를 듣고 하루는 아바와 놀고 토요일엔 나훈아와 비틀스와 카펜터스와 놀고 일요일엔 멜러니와 훌쩍거렸다 조잡한 건 조잡한 대로 유치한 건 유치한 대로 나쁘지 않다 눈물 나는 건 맘 풀고 훌쩍거린다 노래는 세월의 갈피다 갈피갈피에 접어둔 가슴앓이 사연들 봉합한 실밥이 터져 그 시절 그 페이지 바늘 긁힌 자국마다 쓰라리고 아리다

노래는 추억의 현상액이다 가난한 이별이 재생되고 비에 젖은 눈물이 지지직 흘러내린다 까맣게 잊은 그 아이 얼굴이 숨이 턱 막히도록 그립다 검은 얼굴 검은 손의 스무살

내가 지금 막 내 방문을 열고 들어온다

　판을 뒤지다 노래 하나 찾아낸다 그 노래는 내 추억의 절
반이다 험한 세상에 다리가 되어줄 개새끼도 없던 그 시절
눈물이다 하지만 추억이 나를 데려가도록 놔두고 싶지 않
다 세상의 시간은 집달관이다 골수가 다 빠진 빠듯한 고삐
다 코를 꿴 고삐다 곤두선 채찍이다

　역류다 거슬러가야겠다 흘러온 거기에 호수가 있다 기억
은 추억만이 아니다 내 몸 전체가 기억이다 시간을 담아내
는 호수다

　괴멸된 생태계에는 시간의 단일종만 서식한다 별별 유사
혁명이 팔리지만 모든 시간은 부스러기다 멈추어야겠다 모
든 혁명은 시간 혁명이어야 한다 역류하겠다 역류하여 호
수에 담겨야겠다 앞과 뒤가 사라진 물처럼 광장에 시간을
풀어놓아야겠다

광장의 시간을 살아야겠다, 십만년을, 십만년 광장을, 불가능한 시간을, 과거심 미래심 현재심만 불가득이 아니다 과거시 미래시 현재시도 불가득이다 그러니 불가능 따위가 무슨 상관이랴 십만년 광장을 살아야겠다

제4부

세계의 변두리

오래전 그 일로 후회하고 수시로
후회한 일 한가지는
부산 제3부두 파나마 선적 살물선
떠나는 그 배에 손을 흔들었던 일

약속을 하고도 떠나지 않았던 일
그때 떠났더라면 뱃놈으로 늙어갔을지도
남태평양 적도 부근에서 섬 여자 얻어 어부가 되었을지도
그때 떠났더라면
그단스끄나 함부르크 조선소 불법체류 노동자가 되었을
지도
잠자는 나를 반쯤 겁탈했던
삼등항해사 게이 녀석과 사랑에 빠졌을지도
항구를 그리며 떠도는 삼류 화가가 되었을지도

그때 떠났더라면
시베리아 순록 몰이꾼이 되었을지도
볼리비아의 무장 게릴라가 되었을지도

안데스의 목동 가우초가 되었을지도
그때 떠났더라면
이곳에 없는 나 때문에
이렇게 변두리에서 가슴 치는 일로 나이 먹진 않았을지도

내게 많던 나는 어디론가 떠나버렸다네
지금의 나를 만든 건 내가 아니므로
나는 내가 꾸는 꿈보다 더 가짜일지도 모르지
실현되지 못하고 떠나버린 내가 더 나다울지도 모르지
그런 내가 떠난 곳도 저 먼 변두리

세계의 모든 변두리에서 나는 나를 만져볼 수 있네
세계의 변두리를 떠돌고 있는 수많은 나를

지리산 그곳

새벽 잠결에 듣는 도마질 소리
놋그릇 부딪는 소리
바가지 물 붓는 소리
마른 감나무 가지에 산까치 짧은 날갯짓 소리

감은 눈에 비쳐드는 흰빛
깊은 곳에서 뼈를 적셔오는 흙의 온기
꾸던 꿈과 뒤섞여 흩어지는 바람 소리

낡은 놋주발에 김 오른 고봉밥
질그릇 보시기에 고추채 올린 백김치
들기름 내 묵나물 찬에 까만 간장 종지
거뭇거뭇한 놋수저 한벌

문틈에 스며드는 솔가지 타는 연기
옻칠 벗겨진 개다리 소나무 밥상
상을 들이고 가는 감물 들인 옷 내
마당 가득 고여드는 푸른 산기운

내가 제사상을 받은 걸까

밤길 더듬어 잔설 밟고 오르던 길
질기게 기억을 물고 따라오던 슬픔들
저 길 밟고 간밤에 나의 여럿이 돌아가고

저승에서 맞는 신접살림
말간 동치미 국물 그 신맛의 첫날 같은

철물점에 가서

영혼이 바싹바싹 타들어갈 때
감자칩처럼 조각조각 바스러질 때
위로받을 곳 없는 나는 철물점에 간다네 커다란 철물점에
그곳에는 세상을 수리하는 물건들 대충 다 있지
고장난 것이면 뭐든 고치는 연장들 대충 다 있지
망가진 현장을 기다리는 물건들 가득한 곳

알고 보면 이음새 한곳이 헐거워졌거나
축 하나가 녹이 슬어 잘 돌지 않거나
전체가 먹통이지만 실은 0.6밀리 전선 하나 빠졌거나
물에도 때가 있어 출구를 막았거나
찌든 먼지 낀 조명을 너무 오래 놔둬서
침침한 것에 익숙해졌거나
삐걱대고 뻑뻑한 것들에 너무 무심해졌거나
들락거리는 쥐 새끼들과 너무 친숙해졌거나

진리는 언제나 먼 곳에 있지 발전소처럼 먼 곳에
가까운 곳에 있다고들 우겨대지만

지렛대처럼 반대편에 있지
저 높은 곳에 문제가 생긴 건 똥구멍이 헐어서야

기호처럼 저 혼자서는 아무것도 아닌 철편들
그러나 저들 가운데 하나가 헐어
도시를 암흑으로 만들고 냉동고를 불가마로 만들고
강물을 역류하게 만들기도 하지

익숙한 것이 문제가 아니라
익숙한 것에 긴 녹과 헐거워짐과 침침해짐과 뻑뻑해짐
때문
새것이 어디에나 함부로 있는 것 아니라면
먼 데 것을 가지러 철물점에라도 가야지
낡고 익숙한 것들이 생기를 얻어
반짝이게 하는 작은 기호들이 즐비한 먼 철물점에
영혼은 우울한 세상을 헤집고 다니니
그 부품은 당연히 철물점에서도 팔고 있지

세계화, 내 것일까

지갑을 잃어버렸다
어디 떨어뜨렸는지 누가 훔쳐갔는지
헌 지갑에는 내게 둘도 없는 소중한 사진이 있고
당장 없으면 안될 연락처가 들어 있다
누군가 횡재다 했다가 펴보고는
투덜거리며 휙 집어던졌을 테지만

물을 마시다 생각한다
수도꼭지에서 그냥 흘려버리는 저 물은
사막에서 목마른 누군가 잃어버린 것은 아닐까

냉장고에서 썩은 고등어를 버리다가 누군가
식구들 먹이려고 잡았다가 어디서 빼앗긴 것은 아닐까

무료한 권태로 하수구에 흘려보낸 시간은
누군가 무상의 노역에 잃어버린 청춘의 시간은 아닐까

오늘 하루 심심풀이로 써버린 여러 기회들은

누군가 필생을 다해 준비해둔 약속은 아닐까

어제 소모한 자질구레한 나의 분노는
어디서 삶을 빼앗긴 누군가
짓밟혀 내지르지도 못한 분노는 아닐까

몸이 빈 손님

전화를 받고 서울 갈 채비를 하고
노장님 거처에 가서 인사를 드렸다

　너를 기다리고 있으니 빨리 가봐라
　세번 부르면 깨어날 거다

고속버스를 타고 가서 중환자실에 사흘 전부터
의식 잃고 누운 그의 이름을 불러보았다
영근아 영근아 영근아 세번 더 불러보았다
끝내 깨어나지 않았다

심야 고속버스를 타고 아침에 집에 도착했다
노장님께 가서 다녀왔노라고 인사를 드렸다

　같이 온 손님은 누구냐?

　배 많이 곯았다 상을 차려 먹여서 보내라

지옥은 없다

고깃집 뒷마당은 도살장 앞마당이었다
고기 먹으러 갔다가 그곳에서 일하는 친구 따라갔다
구워 먹는 데만 하루에 황소 서너마리를 소비한다는
대형 고깃집 수백명이 한꺼번에 파티를 열고
회식을 하고 건배를 하고 연중무휴
요란하고 벅적거리는 대궐 같은 집이다

그는 쇠를 자르고 기계를 분해하고
기름 먹이는 일을 하다 직장을 옮겨 우족을 자르고
뼈를 발라내고 피를 받아내는 일을 한다
소를 실은 차들과 고기를 실어 나르는
트럭들이 들락거리는 마당을 지나

전동문을 열고 들어서니 피를 뒤집어쓴
잘린 소 대가리가 거대한 탑을 이루고 있다
바닥은 피와 똥과 체액으로 질펀한 갯벌이다
더운 피의 증기가 뻑뻑한 한증막이다
하수구 냄새와 범벅이 된 살 비린내가 고체 같다

욕탕 같은 수조는 똥과 내장의 늪이다
뜯긴 살점이 사방에 튀고 벽은 온통 피 얼룩이다
컨베이어 소리 기계톱 소리 갈고리 부딪는 소리
육절기 돌아가는 소리가 패널 벽에
왕왕 메아리 되어 울부짖는다

이곳에서 누군가는 지옥을 읽었다지만
지옥이 아니다
지옥과 닮지도 않았다
이곳은 천국의 부속 건물이다
천국의 주방이다

우리가 괜찮은 노동을 하고
그럴듯한 세상을 살고 있다는 자부심을 장만하는 곳이다

식당으로 돌아와 함께 떠들고 고기를 먹었다
맛이 있어서 불안했다
그러나 안도했다

지옥은 편입되고 없었다

피

연장이 나무를 지나 뼈에 박혔다
하얗게 대패질해둔 송판 위에 흘러내린
피가 구불구불 독사처럼 꿈틀거린다
날뛰던 것이 몸에서 튀어나왔다

살갗은 한꺼풀 얇은 잠이다
그 속에 온갖 새끼들이
벌레 새끼들이 새 새끼들이 쥐 새끼들이
독사 새끼들이 구더기 새끼들이 파들거린다
집이 털려 눈도 뜨지 못한 것들이
볕으로 쏟아져나온 듯이 저 무모한 것들이
위협을 느끼고 파들거린다

상처를 눌렀으나 지혈이 되지 않는다
얇은 형식 속에 다시 피가 갇히길 거부한다

피는 나의 행동을 알지 못하지만
나의 행동은 피를 알고 있었다

나만 몰랐던 것

몸에 피가 담긴 것이 아니라 피가 몸을 담고 있었다
저 무모한 것들이 눈도 뜨지 못한 것들이
갈수록 몸 밖에 나와서 논다

난해한 민주주의

에이즈 병동 육십대 중증 환자가
입원실에서 강간을 당했다는 기사를 읽는 순간
나는 잠시 부정호흡을 했던 것 같다
오 민주주의여

불평등이 있는 곳에 민주주의 외침이 있는 것이면
S불평등이 있는 곳에 S민주주의 만세는 왜 없는 거냐
S양극화는
S복지는
S분배라는 말은 왜 없는 거냐

시인 하이네도 그게 답답했던 걸까
생산수단과 함께 여자도 공유해서 S공산주의를 해버리자
말했다가 엄청 쪽팔렸고
S억압이 어떻게 파시즘을 만드는지 조목조목조목 밝힌
괴짜 라이히는 S민주주의 비슷한 걸 주장하다 공산당에
서 쫓겨나고
지구상의 수놈 99프로는 평생 암놈 구경도 못한다는데

어쩌다 나타난 S투사는 야유에 묻혀 사라지고

S매매금지법 이후 보수당 지지도가 더 늘어났는지 그건
알 길 없지만
　수구꼴통 지지자는 S빈곤층과 S과소비층이 분명할 터인데

　거시기에 먹물 찍어 네 이름을 크게 쓴다 S민주주의여 만세
　를 외치지도 못하는 민주주의
　정의 문제는 아니지만 정의와 관련이 있고
　복지와 관련 없지만 복지 문제와 깊은 관련이 있고
　분배할 수 없지만 분배 문제이기도 한 것을
　고난의 행군 끝에 민주화 완성했다 말하지 마시게

핵(核)

핵은 불이다 아니다 핵은 물이다
끄려고 보니 물이다
퍼내려고 보니 불이다

핵은 바람이다 아니다 핵은 쇠다
굳어 깨어지지 않는 바람이다
불어 흩어지는 쇠다

핵은 폭발이다 아니다 핵은 고요다
핵의 고요는 폭발이다 핵의 폭발은 고요다

핵의 정상은 분열이다 아니다
핵의 멜트다운은 정상이다

핵은 백악기다 백악기는 미래다
핵은 거룩함이다 거룩함은 개잡것이다

핵은 붕괴다 붕괴는 견고한 철근콘크리트다

핵은 겨울이다 폭설이 쏟아지는 여름이다

핵은 45억년이다 45억년은 0.45초다
핵은 싸이보그다 핵은 오스트랄로피테쿠스다

핵의 안전은 사고다 핵의 사고는 안전이다
핵은 차가운 용암이다 펄펄 끓는 빙하다

핵은 최후의 착취다
사물의 심장을 파먹는 짐승이다

심장을 빼앗긴 사물의 광란이다
광란은 핵의 안정이다

운문행

운문재 넘다 비 만났다
흠뻑 만났다
바람 그늘을 서늘하게 거느린 비
수십만평 한다발로 퍼붓는 비
만난 게 아니라 먹혔다
한점 피할 곳 없는 고갯길

달려도 웅크려도 물구나무를 서도
피할 길 없는 비의 창살
젖은 게 아니라 갇혔다
갇힌 게 아니라 비에게 뜯어 먹혔다

나무 한그루 피할 곳 없는 초원이라면
그곳에서 마주친 맹수라면
공포는 잠깐 기꺼이 그에게 먹혀야 하리
뜯어 먹혀 그들 무리가 되리

피할 수 없는 날은 오지

먹고만 살았으니 먹혀야 하지
운문의 아가리에 들어가야 하는 날이

고요는 비바람 회오리처럼 오네

달

전에 살던 곳에 와서 일그러진 달을 보고 있자니 누가 햇볕이 너무 따가워, 중얼거리며 지나간다

재개발 앞둔 달동네에 빈집들이 생겨나던 때였으나 골목길 돌계단 중간에 걸려 있던 집은 떠날 기미가 없어 보였다 중년의 여자는 요일도 없이 아침에 나가 밤에 돌아왔고 언제나 물에 불은 두툼한 손에 비닐 가방이 들려 있었고 계단을 오르다 숨을 고르는지 훌쩍이는지 한참 이마를 짚고 서 있기도 했다 늦은 밤 가파른 돌계단에서 술에 취한 여자의 흐트러진 허벅지를 달빛이 핥고 있기도 했다 어쩌다 마주치면 무슨 말인가 하려다 흐리게 웃고 지나갔다

식구라곤 하나뿐인 서른 넘은 아들 녀석은 종일 방구석에 처박혀 있다가 밤만 되면 다리를 절며 어디론가 싸돌아다니다 바짓가랑이가 오물에 젖거나 여기저기 피를 바르고 새벽에 돌아오곤 했다 그런 날이면 아랫동네 여자들이 이른 아침에 찾아와 빨래판과 세숫대야를 내던지고 비눗갑을 발로 차며 온갖 쌍욕을 퍼붓고 갔다

두 블록 건너 집들을 덮친 포클레인 뿌렉카 소리가 마을을 울리며 먼지구름을 피워올리던 일요일 마당에 빨래를 널어놓고 여자는 조금 열린 부엌문 안에서 아들 녀석을 다 벗겨놓고 씻기고 있었다 그 녀석의 자지가 커져 있었다

함께 오래 부대껴온 사람들끼리도 더이상 알은체하지 않았다 나도 짐을 싣고 떠났다 달포나 지난 어느날 동사무소 오던 참에 그 골목길 찾았더니 그 집도 텅텅 비워져 있었다 앰뷸런스가 오고 경찰들이 와서 뒷정리를 하고 갔다고 했다

오래지 않아 동네 다 허물고 산을 깎아 고층 아파트가 들어찼다

세월이 흘렀지만 그곳엔 아직도 일그러진 달 하나 정지화면처럼 허공에 걸려 있다 여자가 아들을 찌르고 목을 매달기까지 십분

그 십분짜리 지워진 동영상이 대낮에도 달처럼 하얗게
걸려 있다

인양

가라앉은 것은 건져올리지 못한다 그것은 항해를 계속하고 있기 때문이다 캄캄한 수심 아래 무거운 정적 속으로 배는 멈추지 않고 항해를 계속하고 있다

배는 오랜 시간 세상의 모든 기술 다 동원해도 수백층 매머드 빌딩 세우는 시간보다 더 오래 가라앉아 있어야만 한다

수십만 톤급 배를 함부로 주물러대지만 육천팔백 톤짜리 작은 배 하나 건져내지 못한다 세계에는 바닥을 건져올리는 기술이 존재하지 않는다

한순간에 거대 도시를 폐허로 만드는 지식은 있어도 바닥을 인양하는 지식은 보유하지 못한 세계

하루아침에 거대한 산을 밀어내고 바다를 막고 마천루를 들어올리는 기술은 있어도 저 버림받은 가벼운 목숨들 들어올리는 기술은 존재하지 않는다

코끼리만 한 슈퍼돼지를 만들어내는 기술은 있어도 하루 일 달리면 살릴 수 있는 수억명의 아이들을 구할 수 있는 기술은 보유하지 못한 세계

수만 킬로미터 상공에 우주정거장을 만들고 수백억 킬로미터 태양계 밖을 항해하는 기술은 있어도 수십 미터 물 아래를 구조할 기계 하나 만들어내지 못한다

그것은 정상 사회에서 일어난 정상 사고이기 때문이다 이미 정상인 것은 건져낼 이유가 없다

세계의 신은 이제 구원을 위해서 오지 않고 심판을 하러 오지도 않는다 버림받고 가라앉은 것은 구조의 대상도 아니고 처분의 대상도 아니다

눈에 보이지 않는 독재자는 이제 권좌에 있지 않고 독재를 찬양하는 기술에 있다 모든 독재자의 공은 7이고 과는 3이다 진보주의자도 고개를 끄덕이게 만드는 그 기술은 첨

단산업처럼 눈부시다

사실은 이렇게 말하고 싶은 거다 아우슈비츠도 731부대
도 거기서 행한 생체실험으로 얻은 의학 지식으로 수많은
질병을 퇴치하고 죽은 자들보다 더 많은 인류를 구하지 않
았느냐고 공이 7이지 않았느냐고

세계는 그렇게 간다 그래서 인양하지 않는 것이 지혜다
불을 붙일 수는 있으나 *끄*지는 못하는 핵물질처럼 인양하
지 않는 것이 세계의 합리성이다

물에 잠긴 것은 그대로 놔두고 이제 애도도 거두고 정상
사회로 가라고 재촉하고 화를 내고 폭력을 행사하듯이 그
들은 안다 버림받고 가라앉은 것이 정상 사회를 들어올리
는 부력이라는 것을

비참한 신체들 튀어나온 눈들 문드러진 손톱들 함몰한 가
슴들 폐를 잠식하는 울음들 절단된 신체들 구조의 대상이

아니라 버림받음과 떨어져나감과 절단은 관리의 대상일 뿐

언제나 침몰하지만 절대 침몰하지 않는다고 장담하는 것 침몰한 후에는 침몰하는 일은 언제나 일어났던 일로 만들어내는 것 침몰하는 일은 지극히 정상적인 일이 되게 하는 것 세계의 상식적인 질서가 되게 하는 것

무엇 때문에 인양할 것인가 인양할 이유가 사라진 것 무엇 때문에 구출할 것인가 구출의 이유가 사라진 것

그래서 세계의 신은 이제 구원하러 올 필요도 심판을 하러 올 필요도 사라진다 책임은 소멸되고 비참은 오직 관리될 뿐이다

무엇을 인양하려는가 누구는 그걸 진실이라고 말하고 누구는 그걸 희망이라고 말하지만 진실을 건져올리는 기술은 존재하지 않고 희망이 세상을 건져올린 적은 한번도 없다 그것은 희망으로 은폐된 폐허다 인양해야 할 것은 폐허다

인간의 폐허다

낙화

전력 사정이 나쁜 나라에 갔다가
수시로 정전이 되어 시간이 뚝뚝 끊기는 밤을 지내고
다들 투덜거렸지만 나는 그것을 낙화라고 말하고 싶었네

언제나 그대로인 것은 아무것도 없다면서
닷새만 줄창 비가 와도 이변이라면서
열흘 넘게 붉은 꽃은 변고라면서
잠시라도 돌아가지 않으면 사고가 되고
잠깐이라도 꺼지면 재앙이 되는

환풍기 멈춘 밀실처럼 연료 끊어진 엔진처럼
한순간만 꺼져도 똥물은 역류하고
하나씩 달고 사는 인공호흡기가 멈춘 듯이
심박기가 멈춘 듯이

멈추지 않으니 환장할 노릇이다
삼백육십오일 철야를 해야 하는 꽃들도 환장으로 피어
있다

꽃이 피든 지든 다 같은 시간이다
물이 흐르든 멈추든 그 물이 그 물이다
분수는 역류하지만 같은 물이다

지속의 시간을 지속적으로 생산하는 것들
핵발전 시대 이후 혁명은 꿈도 꿀 수 없다
우리 몸에 낙화의 시간이 지워졌다
별이 뜨는 낙화의 시간이
우리가 잃어버린 것은 정지의 감각이다

제5부

나의 쏘냐

전당포가 있던 낡고 붉은 건물 아직 그대로 있네
그 골목 지나다 그 시절 나의 쏘냐가 그리웠네

콧등에 안경을 걸치고 검열관처럼 위아래
사람 행색부터 훑고는 철창 밖으로 굵은
금반지 낀 손을 내밀던 영감이 지키던 전당포
이중으로 용접된 철창문 안에 수많은 벽시계들
가죽잠바 핸드백 외투 야외전축 트로피 조각품 유기그릇
화병 그림액자 구두 훈장 책 라디오 상패 가방들
수용소처럼 우울한 표정으로 주인을 기다리던 곳

권위를 유지하기 위해 안간힘을 쓰던 영감의 눈살에
비위가 상했지만 그래도 그곳은 배고픔을 잠시라도
전당 잡혀둘 수 있었던 곳
등사기로 민 손바닥 반만 한 누런 종이에 고무도장을 찍고
날짜 넘기면 다음 날 처분할 거라
콧등에 건 안경 너머로 두번 경고를 하고
철창 밖으로 영수증과 함께 누런 웃음을 내밀었지만

나의 남루에 고리 이자라도 쳐 받겠다는 욕망이 고마워
꾸벅 허리 굽혀 인사를 하고 나오던 곳

그 시절 그 골목 지날 때면 나의 쾌활한 친구
라스꼴리니꼬쁘와 함께 걷던 밤을 떠올리기도 했었지
토사물 같은 고뇌가 질퍽하게 퍼질러진 그 겨울밤을
두려움에 떨며 쏘냐를 찾아가던 그 컴컴한 빙판길을
얼음물에 피 묻은 손을 씻던 그날밤을
살아온 모든 날보다 더 길었을 그 밤을
희미한 가스등 아래 쏘냐와 그 곁을 지키던 밤을 떠올리
기도 했지

쏘냐도 없던 나는 영수증을 구겨넣고
선주를 만나러 국밥집으로 달려가
말라붙은 위장에 김이 오른 쏘냐를 허겁지겁 퍼먹으며
먼바다 시베리아로 가는 계약서에 도장을 찍었지

그날

아침밥 먹기도 전에 서둘러 집을 나서던 길
길옆 산비탈 진달래 군락지에 꽃이 한창이었다

길바닥이 벌겋게 물들어 있었다
아랫마을에 전원주택 짓는 사람이 울타리에 심겠다고
어리숙한 농사꾼 일당 주고 꽃 만발한 나무들
산에서 파내려 질질 끌어다 녹슨 경운기에 넘치도록 싣고
비포장길을 털털거리며 앞서가고 있었다

벌건 꽃잎 온통 뒤덮인 길 밟으며 경운기 뒤따르다
그만 가슴이 달궈진 튀김솥처럼 들끓었다
그 무심한 낯짝에 화를 퍼부어댔지만 식을 줄 몰랐다
길을 벗어났지만 눈앞이 자꾸 아뜩했다

빛을 등지고 오는 것은 그림자가 먼저 도착하기도 한다
은유가 먼저 도착하기도 한다
오후에 세월호 침몰 소식 들었다

그 침몰은 사실이 아니라
다가올 시대에 대한 은유처럼 들렸다

저녁 마실

저녁 마당에는 한약 달이는 냄새가 났다
열린 닭장 문은 돌쩌귀가 빠져 바람에 덜컹거리고
깃털 빠진 암탉 두마리가 돌담 아래 웅크리고 있다
돌확에 고인 물에 살얼음 얼었다

장마에 개울 축대가 무너져 놉을 부탁하러 몇번 왔던 집
노인의 손때 묻은 쇠 연장들이 벽에 걸려 녹슬고 있다
감나무엔 따지 못한 홍시들이 조청처럼 늘어져 있다
이맘때면 키를 넘기던 장작더미가 무릎 아래 홀쭉하다

맘 잡고 택배 일을 한다는 아들 내외가 와 있다고 했다
힘이 좋던 노인은 새참에 취기가 오르면
강구 전투 얘기에 침을 튀기곤 했다

뺨에 짜증이 파리똥처럼 슨 젊은 며느리에게
인절미를 건네고 대문을 나서는데 한약 달이는 냄새가
조상 유품 보자기 곰팡내처럼 먼 데 사람 냄새 불러왔다

병약하던 시대와 허기지던 핏줄이 불려나왔다
식민지와 전쟁과 기근의 시대를 살아놓고도
되레 우리더러 가엾다 했다
인정 없는 시대 잘못 만나 가엾다 했다
한약 달이는 냄새는 그 옛날 사람 냄새였다

어디서 이 생각이 왔나

초복을 앞둔 여름 한낮인데
초등학교가 있는 길에서 차들이 횡횡 달리는데
하교길 아이들이 병아리떼처럼 거리를 막 내달리는데
가로수 아래 버려진 쓰레기더미에 파리가 들끓는데

사람들 오가고 햇살이 벌떼처럼 내리쬐는데
지나는 내 귀에서 갑자기 소리들이 멈추고
거리에 표백제를 뿌려놓은 듯한데
겨울밤 적막처럼 공기가 쩡쩡 얼어붙은 듯한데

수많은 소리들이 귓전에서 주르르 흘러내리고
정지화면처럼 적막이 왈칵 쏟아지는데
내 발걸음도 가는지 서는지 알 수가 없는데
얼마나 시간이 지났는지 여기가 어딘지

젊은 남녀가 팔짱을 끼고 낄낄거리는 소리에 퍼뜩 놀라
돌아보니 모두 멀쩡한 거라
달라진 건 아무것도 없는 거라

달라진 것 없는 이 달라짐은 어디서 오는 걸까

돌처럼 꽉 낀 채 묽어지는 이 느낌은
검은 구멍으로 들어가 하얀 구멍으로 나와 제자리인 이
느낌은
정지화면이 풀린 이 느낌은
그대로인데 그대로라는 생각이 왜 간절할까

이 생각은 어디서 온 걸까
이름보다 먼저 존재한다는 걸 새삼 안다는 것
이름을 버리고 나서야 그대로라는 걸 안다는
이
그리고
것

주변뿐인 우주

공원 잔디밭에 아이들이 둥글게 앉아서 논다
가운데를 비워놓고

꽃들은 주변에만 피듯이
별들이 모두 우주의 주변만을 운행하듯이
저 장엄한 찌르레기 군무가 충실한 주변의 운동이듯이
우주는 울퉁불퉁해서 주변만 존재하듯이

지구는 둥글어 모든 지점이 다 중심이라는 말은
돼먹지 않은 소리다 둥근 표면은 다 주변이다

얼어 죽을 중심은 동공이거나 허공이거나 불덩이이거나
소금바다다

풀 한포기 모래 한알에도 우주가 다 들어 있다는 소리도
중심에 구원을 받아내고 싶어 미치고 환장한 사람의 말
이다

수만개의 유일사상이 중심을 향해 경멸과 저주를 품고
성전이 성전으로 피를 적시고 중심에 진입해보지만
중심엔 또다시 피비린내 나는 살육과 지옥뿐

별 볼 일 없는 주변부에 계셔야 천상천하유아독존 하신다
언제나 주변에서 주변을 비추시며 하느님도 겸손하시다
아니라면 왜 난무하는 저 살육의 중심을 두고 보겠는가

태양은 따듯한 중심이 아니라
제 몸이 뜨거워 불덩이를 사방으로 마구잡이로 흩뿌리는
거다
주변에 있어 모두 손이 둘인 거다 모두가 결핍돼 있어
손을 잡아야 일어설 수 있는 거다

아이들이 둥글게 앉아서 손을 잡고 논다
가운데는 죽은 술래만 앉는다

자유낙하

집을 나서다 마당귀에 거칠게 자란
잡초가 따라나섰을 것이다
기차 타고 가서 밤일 보고 아침에 상갓집 들러
오는 동안 내내 따라다녔나 옷을 벗다 콕콕
찔러대는 걸 팔꿈치께서 떼어내니 작은 풀씨다

적당한 곳에 떨어지려고 나를 따라나섰을 것이다
흙 없는 길로만 다녔으니 행여 떨어질까봐
안간힘으로 매달렸을 것이다
위장된 흙냄새에 발 헛디딜까봐
주저주저하다 퍼렇게 멍이 든 씨앗 하나

함부로 떨어질 수 없는 비애만 한 게 없지
꽃대를 올려 키를 높이지만 생의 보람은 꽃에만 있지 않고
생의 결정은 한순간 툭 떨어지는 낙하의 순간에
무너지는 경계에 자신의 모두를 일순 내맡기는 허공에
운명도 끼어들 틈 없는 찰나의 단호함으로
모든 의지에 우선하는 자유낙하의 영원한 순간에 있는 것

위장된 땅에 주저주저하다 퍼렇게 병든 씨앗이여, 시여

노래의 꿈

천년 전 사람들은 노래의 힘을 믿었다는데
노래로 뭐든 이룰 수 있었다는데 그건 꿈일까 허풍일까

노래로 하늘을 감동시키고
바다를 쩍 갈라놓기도 하고
관음보살을 감동시켜 눈먼 자가 눈알 하나를 얻기도 하고
노래로 온갖 풍파를 평정하고
노래를 지어 극악한 도적이 회개의 눈물을 짜게 하고
흉흉한 괴변들을 쓸어내는 빗자루가 되기도 했다는데
그 노래가 어떤 노래인지 이제는 다 사라지고 없는 노래
인지

그땐 귀가 있는 자든 귀가 없는 물건이든
심성이 그저 풀잎만 같아서
노래만으로 온 마음을 다 흔들었다는 것인지

사납고 흉악한 패악질도 다소곳하게 만드는
신묘한 노래를 지어 부를 줄 아는 시인들이 있었다는 것

인지

  쎄이렌 가문과 건달바 문중이 세상을 지배하여 가객들이
넘쳐나고
  누구나 순한 귀를 가지고 있던 시대였다는 것인지

  세상 모든 마음의 뿌리에 노래가 깃들어 있어
  그 마음 얻는 노래가 따로 있었다는 것인지

  참혹한 전쟁을 막아보려고 군대보다 힘이 센 노래가 있
다는
  헛소문을 누군가 용의주도하게 퍼뜨렸다는 것인지

  세상을 바꾸는 힘은 창검이 아니라 노래에서 나온다고
  악성 유언비어를 유포한 시인들이 많았다는 것인지

옛날 책 한권

가끔 혼자서도 그곳에 갔었지
할머니 심부름도 심부름이지만
옛날 옛날 한 옛날 이야기 속으로
책 읽어주던 그 영감 입담에 끌려서

오일장 유기전 한켠 볕가림막도 없던 흙바닥
상투에 탕건 차림의 영감이
장죽과 돋보기 옛날 책 좌판을 펼쳐놓고
걸쭉한 목청으로 「사씨남정기」나 「춘향전」
「구운몽」이나 옛날이야기 읽어주고 들려주던 말죽거리

갓 쓰고 흰옷 입고 수염 기른 이들
긴 담뱃대 연신 빨아대던 영감들
당꼬바지에 머릿수건 쓴 마차꾼들
치마저고리에 비녀 찌른 아낙들
산골 깊은 곳에서 나뭇짐 지고 온 목도꾼들
굵은 손마디들 헤픈 눈물들 목젖 다 드러낸 웃음들
둘러앉아 듣던 옛날 옛날 이야기

누런 이빨 다 드러내고 무릎 치며 웃고
콧등 일그러뜨리며 눈물 글썽이고
저 저 저런 못된 놈이 있나 허공에 장죽을 내젓고

할머니는 내게 장죽 고쳐 오라 심부름을 보냈고
예닐곱살이었던 나는 이야기에 빨려들다
엿 하나 얻어먹고 모르는 사람 무릎 베고 잠이 들어
파장이 다 된 줄도 모르고

새삼 내 기억에서 자꾸 걸어나오는 그들
어딘가 한곳은 허물어진 사람들
이야기 속에서 걸어나온 사람들
이야기 속으로 걸어들어간 그 사람들

아프면 옛날 음식을 찾는다는데
나도 이제 아프긴 아픈 모양이다
옛날 책 한권 읽네

만나지 못한 이별

너무 이른 시간이었을까 레꼴레따 앞
꽃가게는 아직 문을 열지 않았다

석조 건물 형상의 묘지들이 거리를 이룬 묘역
중세의 미니어처 거리를 거인처럼 걸어서 나는
에바의 묘지를 찾았다 검은 대리석 기둥 철창 대문에는
마른 장미 다발들이 꽂혀 있었고
황동으로 된 문패에는 그녀가 웃고 있었다
문은 굳게 잠겨 있었다

나는 애가 탔다 붉은 장미 한다발이면
그 마음을 만져볼 수 있을 것만 같았다
굳게 닫힌 쇠창살이 열릴 것만 같았다
떠나기 전에 꽃을 들고 다시 오리라
조바심을 했지만 끝내 다시 찾지 못했다

지구 반대편에서 에바의 동지가 왔다는
뜻밖의 기사를 보고 사람들이 찾아왔더라고 알려주었지만

그 시각에 나는 공항에 있었다

그 먼 곳까지 가서 그 집 문 앞까지 가서
그림자도 못 보고 되돌린 발길이여
그들이 나를 찾았을 때 나도 그곳에 없었다
그들 가운데 에바가 보낸 사람도 있었을까

이 생면부지의 땅에서 나는 왜 이리 슬프고 아쉬울까
어느 전생에 또 한번 더 있었던 이별만 같을까

맹인 안내견

앞서 걷던 맹인 안내견 한마리
개를 별로 좋아하지 않는 나를 끈다

잘생겼다기보다 품위마저 보이고
잘 길들여졌다기보다 자발적인 본성처럼 보이고
야성은 제거되었다기보다
저강도 핵분열로 야성을 서서히 달구어
후끈한 온기로 바꿔놓을 줄 아는 듯

그래봤자 개폼이지만 위엄을 잡고
주인 행차에 으스대는 종놈처럼 개폼을 잡고

길가 화단에서 잠시 쉬는 동안
맹인의 다리에 몸 한 부위를 맞대고
골똘히 주인의 눈을 느끼다
흘끗흘끗 주인의 마음을 맛보다
쿵쿵 주인의 아픔을 맡아보다
움직임 없는 주인과 닿은 몸을 흔들어

이제 어떡할 거냐고 묻는 듯

길을 잃고 병들고 겹친 눈보라 속 굶주리던 늑대
인간의 쓰레기에 코를 박고 늑대를 벗어버린 개

수만년 인간의 언어를 받아먹었지만
아무리 토해내도 목구멍을 넘지 못해 컹컹 외마디
토해내고 받아내도, 터지지 않는, 풀리지 않는, 말들,
컹컹, 역류하여, 꼬리로, 발바닥으로, 혓바닥으로, 붉은
좆으로,
시뻘건 샅으로, 뒷다리로, 튀어나올 듯,
소름처럼, 털구멍마다 번지는, 말의 가시들 삼키고
점잖게 우아한 개폼으로 위장을 하고

그 녀석을 보고 있자니 장난삼아 뺑뺑 차대던 어릴 적 일과
보신탕을 먹던 일과 야성을 팔아 개죽을 사 먹는
놈이라고 욕한 걸 후회한다

어릴 적 복날 아버지가 헛간 도리에 목을 매달고

몽둥이로 두들겨패서 잡다 그만 줄이 끊어져

달아났던 그 멍멍이, 피멍과 피딱지로 털이 온통 거꾸로
선 몸으로

늦은 밤 돌아와, 도둑 지킨다고, 낯선 인기척에, 컹컹 짖
어대던

그 똥개, 나는 자다 벌떡 일어나 맨발로 달려가 그 녀석

목을 껴안고 꺽꺽 울었지 그 녀석은 컹컹 웃었지

쓰레기통에 머리를 박고서도

그들만 볼 수 있는 것을 볼 수 있어

그들만 느낄 수 있는 것을 느낄 수 있어

야성은 문드러진 것이 아니라

가죽 부대 안으로 역류해 뜨겁게 끓어올라

헐떡이고, 내달리고, 물어뜯고, 시뻘건 것을 드러내고 올
라타고

개가 되고, 개새끼가 되고, 개 같은 놈이 되었지만

저 섬세함은 야성을 잃지 않았다는 증거

그들 눈에 인간도 도시도 폐허일까

눈먼 자들을 끌고 폐허를 지나고 있는 것일까

세월호 최후의 선장

최초에 명령이 있었음을 우리는 기억해야 한다
가만있으라, 지시에 따르라, 이 명령은
배가 출항하기 오래전부터 내려져 있었다
선장은 함부로 명령을 내리지 말라, 재난대책본부도
명령에 따르라, 가만있으라, 지시에 따르라

배가 다 기운 뒤에도 기다려야 하는 명령이 있다
목까지 물이 차올라도 기다려야 하는 명령이 있다
모든 운항 규정은 이윤의 지시에 따르라

이 나라는 명령이 있어야 움직인다는 걸 기억하라
열정도 진정성도 없는 비열한 정부, 입신출세와
대박 챙길 일밖에 아무 관심도 없는 자들의 국가,
선장은 단순잡부 계약직, 장관은 단순노무 비정규직
그들이 내릴 줄 아는 명령은 단 한가지뿐
가만있으라, 명령에 따르라

저 환장하도록 눈이 부신 4월 바다를 보면서

아이들은 성적 걱정이나 했을까

지시를 어기고 멋대로 뛰쳐나간 너희들 반성문 써야 할
거야

물이 목까지 차올라오는데 이러면 입시는 어떻게 되는
거지, 걱정했을까

삼풍백화점이 붕괴되고, 서해훼리호가 침몰하고

성수대교가 무너지고, 지하철이 불타도

세상은 변하지 않았다, 변하지 않을 것이다

분노는 안개처럼 흩어지고, 슬픔은 장마처럼 지나가고

아, 세상은 또 변하지 않을 것이다

이런 재난 따윈 나쁜 것만도 아니라는 저들

촛불시위와 행진과 민주주의가 더 큰 재난이라 여기는

저들이 명령을 하는 동안은, 결코

뒤집어라, 뒤집힌 저 배를 뒤집어라

뒤집어라, 뒤집힌 세상을 뒤집어야 살린다

침몰의 배후에는 나태와 부패와 음모가 있고

명령의 배후에는 은폐와 조작의 검은손이 있다
탐욕으로 뒤집힌 세상, 부패와 음모와 기만으로 뒤집힌
세상

이게 아닌데, 이럴 순 없어, 뒤집지 못한 우리들
가슴을 치며 지켜만 봐야 하다니, 회한의 눈물을 삼키며
우리가 너희들을 다 죽이는구나, 뒤집어라,
폭력과 약탈로 뒤집힌 세상을 뒤집어야 살린다
이렇게 내버려둘 순 없어 저 죽음을 뒤집어라
뒤집지 않고서는 살리지 못해 저 죽음의 세력을 뒤집어라

뒤집힌 배에서 가장 먼저 탈출한 그들
돌아앉아 젖은 돈이나 세고 있는 그들
이미 구원받은 사람만 구원하는 정치
아이들과 약자들을 외면하고 가진 자들과
힘있고 능력있는 자들만 구출하는 구원파정부
자신들만 구원하고 타인은 구렁텅이로 내모는 새나라구
원당

뒤집어라, 그들의 명령과 지시를

그리고 저 고귀한 지시를 따르라, 승객을 버리고

선장과 노련한 선원들이 첫 구조선으로 달아난 그 시각

선원은 마지막까지 배를 지킨다! 구명조끼를 벗어주고

한명이라도 더 구하려다 끝내 오르지 못한 스물두살

4월을 품은 여자 박지영, 그가 최후의 선장이다

그 푸른 정신을 따르라, 뒤집어진 걸 바로 세우게 하는,

죽음을 뒤집는 4월의 명령을!

패닉의 시학, 그 아홉가지 부품

조정환

　시 「패닉」은 시집 『폐허를 인양하다』(이하 『폐허』)의 입지, 구도, 전략을 보여주는 열쇠시이다. 이 시에서 '패닉'이라는 말은 시제(詩題) 외에 세번, 점점 고조되는 형세로 등장한다. 한번은 밤하늘의 별들의 쏟아짐을 비유하는 말("패닉처럼")로, 한번은 시적 화자가 열광하는 대상("패닉에")으로, 마지막으로는 "닿을 수 없는 낙원"을 보여줄 유일한 사건적 역량("패닉만이")으로. 이처럼 패닉은 멀리서 별들에 끌려 다가왔다가 열광의 대상이 되고 마침내 유토피아를 보여주는 사건인데, 『폐허』에서 이것은 당대의 삶이 직면한 한계와 가능성을 투시하는 하나의 독특한 시학으로 나타난다. 이 시학을 구성하는 '부품'들(「철물점에 가서」), 혹은 특성들은 무엇일까?

어쩌다 한밤중 산길에서
올려다본 밤하늘
만져질 듯한 별들이 패닉처럼
하얗게 쏟아지는 우주

그 풍경이 내게 스며들자
나는 드러난다
내가 폐허라는 사실이

죽음이 갯벌처럼 어둡게 스며들고
사랑이 불같이 스며들고
모든 질서를 뒤엎고 재앙의 붉은 피가 스며들 때
나는 패닉에 열광한다

내게 고귀함이나 아름다움이나
사랑이 충만해서가 아니다
내 안에 그런 따위는 눈을 씻고 봐도 없다
그런 따위로 길이 든 적도 없다
다만 가쁜 숨을 쉬기 위해서
갈라터진 목을 축이기 위해서
존재의 소멸이 두려워 손톱에 피가 나도록
매달린 적은 있다

고귀함이나 사랑 따위를 발명한 적은 있다

패닉만이 닿을 수 없는 낙원을 보여준다
나는 그 폐허를 원형대로 건져내야만 한다

                        —「패닉」전문

첫째, 패닉의 사건은 한치 앞도 내다보기 어려운 어둠의 시공간인 "한밤중 산길"에서 일어난다. 그것은 또 "눈먼 자들"의 시간, "길을 잃고 병들고 겹친 눈보라"(「맹인 안내견」)의 시간에 일어난다. 때로는 한없이 깊고 "캄캄한 수심 아래 무거운 정적 속"(「인양」)에서도 일어나며, "끝없이 드넓은 땅" "가도 가도 끝이 없는 광활한 경작지"에서 일어나기도 한다. 그곳이 "끝없이 반복되는 노동,/수십만명이 같은 옷을 입고 한꺼번에 들어올리는 팔/수백만명이 동시에 접속하는 조잡한 문장"(「광활한 폐소」)으로 구성된 반복의 영토인 한에서는 말이다. 이처럼 어둠과 폐쇄의 시공간은 패닉의 사건이 일어날 수 있는 고유한 조건이다. 우리는 시인이 오랫동안 '인간의 시간' 외부에서 대지의 시간, 광야의 시간을 더듬어왔다는 것을 알고 있다. 시인은 길을 광야의 것으로 되돌리면서 '길 밖의 길'을 찾아왔다. 그렇다면 패닉은 지금까지 시인이 찾던 그 대지의 시간, 광야의 시간이며 길 밖의 길인가? 연속보다 변화를 중심에 놓고 본다면

이 물음에 우리는 '아니오'라고 답해야 한다. 왜냐하면 패 닉의 시간은 대지의 시간이나 광야의 시간마저 불가능해질 정도의 총체적인 어둠, 절대적인 닫힘의 조건을 가정하기 때문이다. 그러한 조건이 언제이고 어디일까? 놀랍게도 그 것은 바로 '지금-여기'이다. 시인은 모든 곳이 자본의 "무 장지대"(「무장지대」)가 되고 모든 시간이 자본의 생산시간 이 되어 "꿈속까지 공장이 들어"선 시대, 그래서 광야가 사 라지고 더이상 철창이 필요 없는 '동물원'(「무엇에 저항해야 하는지는 알겠으나」)이 된 시대, "혁명은 꿈도 꿀 수 없"(「낙 화」)게 만드는 "최후의 착취"(「핵(核)」) 시대인 핵 지배의 시 대, 요컨대 우리가 사는 지금-여기가 바로 패닉의 사건이 일어날 시공간임을 곳곳에서 암시한다.

둘째, 패닉의 사건에서 '나'를 놀라게 하는 것은 '우주'의 쏟아짐이다. 질서의 어둠이 검고 짙은 만큼 오히려 "하얗게 쏟아지는 우주"는 총체적으로 어둡고 절대적으로 닫힌 질 서 속으로 스며드는 "재앙의 붉은 피"이다. 그것은 또 "갯 벌처럼 어둡게 스며"드는 '죽음'이고 "불같이 스며"드는 '사랑'이다. 우주는 밤하늘의 별처럼 천문학적 형상만을 갖 는 것이 아니다. 「기억의 소수자들」에서 우주는 심리학적 이고 생리학적인 형상을 드러낸다. 여기서는 밤하늘의 별 들이 아니라 "기억의 소수자들"이 망각의 '늪', "쌓이고 쌓 인 기억의 지하실"에서 솟구친다. 「풀의 투쟁」에서는 쏟아지는 우주, 솟구치는 기억들이 "갈라진 틈"으로 어디선가 "내려앉"는 "깃털처럼 부드러운 풀씨"라는 생물학적 형상으로 변주된다. 이렇듯 우주는 쏟아지고, 솟구치고, 내려앉는 물(物)의 다양체이다.

셋째, 패닉은 전복이다. "만져질 듯한 별들"은 기존의 캄캄한 밤의 "질서를 뒤엎"으며 쏟아지기 때문이다. 그것은 그리움의 "두근거림"(「초승달」)에서 시작하여, 「기억의 소수자들」에서는 화살을 맞지도 않았는데 일어나는 경련, 어떤 부름도 없었는데 노을을 따라나서는 홀림, 미풍에도 다리가 풀리는 마비로 격화된다. 이 갑작스러운 돌발의 힘은 어디에서 오는 것일까? 그것은 과거로부터, 기존의 질서에 의해 "버림받은" 것들로부터 온다. 그것은 버림받은 것들의 탄성력이다. 쏟아지는 것들, 솟구치는 것들, 내려앉는 것들은 억눌린 것들, 버림받은 것들, 가라앉은 것들이다. 그런데 버려짐은 결코 필요 없음을 의미하지 않는다. 버려진 것들은 버려짐 그 자체를 통해서 질서를 떠받치기 때문이다. "버림받고 가라앉은 것"이야말로 질서의 하부구조, 즉 "정상 사회를 들어올리는 부력"(「인양」)으로 기능하기 때문이다. '버림'과 '버림받음'의 분화는 착취할 능력과 "착취당할 능력"(「꽃이 나를 선택한다」)으로의 역량의 양분이며 그것을 통한 위계와 권위의 구축이다. 하지만 별의 하얀 쏟아짐은 어둠의 "질서를 뒤엎고"(「패닉」), 유령처럼 돌발하는 기억들은 권위를 '역전'시키며(「기억의 소수자들」), 내려앉은 풀씨들은 사막을 흙으로 바꾼다(「풀의 투쟁」). 그래서 그것은 몸의 '변신'(「변신」)이고, "시간을 담아내는 호수"이며 '기억' 그 자체인 몸의 '역류'(「시간 광장」)이다.

넷째, 패닉은 폐허의 현상학이면서 동시에 폐허를 구원하는 사건이다. 사실 『폐허』에서 '폐허'라는 시어는 자주 등장하지만, 그런 만큼 이해하기 어렵다. 매번 그것의 의미가 유동하기 때문이다. "한순간에 거대 도시를 폐허로 만드는 지식은 있어도 바닥을 인양하는 지식은 보유하지 못한 세계"(「인양」)라고 할 때 '폐허'는 통상적인 의미로 사용된다. 하지만 같은 시의 다음과 같은 선언적 구절에서 이 시어는 전혀 다른 의미를 드러낸다. "무엇을 인양하려는가 누구는 그걸 진실이라고 말하고 누구는 그걸 희망이라고 말하지만 진실을 건져올리는 기술은 존재하지 않고 희망이 세상을 건져올린 적은 한번도 없다 그것은 희망으로 은폐된 폐허다 인양해야 할 것은 폐허다 인간의 폐허다". 이 선언을 통해 시인은 시간을 건너뛰어 한세기 전, 그러니까 3·1 민족민주혁명의 패배 직후인 1920년에 창간되었다가 이듬해 강제 폐간된 동인지 『폐허』의 정념과 연결된다. 동인지 『폐허』가 혁명의 패배를 효소로 삼는 발효실이었듯이, 시집 『폐허』도 실재하는 투쟁들을 효소로 삼는 발효실이다. 인양해야 할 것은 진실도 희망도 아닌 폐허라는 선언 속에는 2008년의 촛불봉기, 2011년의 김진숙의 크레인 농성 투쟁과 희망버스, 2014년의 세월호가족대책위원회의 생명투쟁과 진실연대운동 등에 대한 시인의 성찰적 평가가 담겨 있다. 그것들은 추구한 목적을 온전히 달성하지 못했다는 의미에서 패배했다. 하지만 그 돌발적 반란들의 패배는 인간의 도시가 눈멀었다는 사실을, 그 눈먼 질서를 가로질러 폐허가 실재하고 있다는 좀더 깊은 사실을, 더 나아가 도시만이 아니라 그 안에 유폐되어 있는 "내가 폐허라는 사실"을 적나라하게 드러냈다. 분명히 폐허는 버려진 것들이다. 그런데 그것들이 왜 버려졌던가? 야생성(「개」) 때문이다. 중요한 것은 그 버려짐 속에서도 그것들의 '야성'이 제거되거나 문드러지지도 않고 보존된다는 것이다(「맹인 안내견」). 패닉의 사건은 폐허에 깃들어 있는 야성의 돌출과 충격이다. 이런 의미에서 반란은 "불법광고물 뜯어내듯이"(「철거」) 뜯긴 삶, 그 야성적 폐허가 자신을 세계 속으로 '인양'하는 사건, 즉 우주, 대지, 몸, 기억의 자발적 행동이다.

다섯째, 패닉은 '정지'를 수반한다. 물론 버림받은 야성적 삶의 돌발 행동은 "뒷걸음질"치지 않고 "죽음을 받아들이"지 않는 돌진이다. 광장의 소멸이나 증발을 막기 위해 정면으로 뿔을 겨누고 "죽음을 향해 달려가는 힘"(「뿔의 정면」)이다. 이것은 쏟아짐, 들어올림, 내려앉음, 뒤엎음, 거슬러오름의 강렬한 속도이지만, 동일한 것을 무한히 반복하는 "멈추지 않는 직선의 되풀이"(「광활한 폐소」)와 같은 박자적 속도가 아니다. 오히려 '정지'(「낙화」), '고요'(「핵」), '섬세함'(「맹인 안내견」)이 갖는 리듬적 속도이다. 「낙화」에서 시인은 "잠시라도 돌아가지 않으면 사고가 되고/잠깐이라도 꺼지면 재앙이 되는" 저 "지속의 시간"이 차이를 폐쇄하는 동일성의 시간("꽃이 피든 지든 다 같은 시간이다/물이 흐르든 멈추든 그 물이 그 물이다/분수는 역류하지만 같은 물이다")임을 보여준 후에, 이 지속의 시간이 별이 뜰 시간, '낙화'의 시간, 혁명의 시간을 삭제하면서 구축되는 질서의 시간임을 암시한다. 그리고 그것에 "우리가 잃어버린 것은 정지의 감각이다"라는 단언이 뒤따른다. 그런데 패닉은 잃어버린 정지의 감각을 회복하는 사건이다. 그것은 '밤하늘'을 '올려다볼' 시간(「패닉」), 생을 결정하는 "한순간 툭 떨어지는 낙하의 순간"(「자유낙하」)을 회복한다. 발터 베냐민이 혁명을 세계사의 기관차로서보다는 달리는 기관차를 세울 비상 브레이크로 표상했던 것처럼, 시인도 패닉의 사건에 대한 성찰을 통해 혁명을 '정지'로서, '낙화'로서 사유한다.

여섯째, 이 정지는 '주변'의 자기행동이며 그 요건은 '중심'을 비우는 것이다(「주변뿐인 우주」). 주변의 사유는 『폐허』에만 고유한 것이 아니다. 그것은 이전 시집 『인간의 시간』 『길 밖의 길』 등에서 전개되었던 '바깥'의 사유로부터 『그 모든 가장자리』에서 전개된 '가장자리'에 대한 사유를 거쳐, 점차 '변두리'(「세계의 변두리」)에 대한 사유로 발전되어 온 것이다. 「주변뿐인 우주」에서 표현되듯이 이것은 지난날의 수많은 '유일사상'이 중심을 향했고, 피비린내 나는 '성전'들이 중심으로 진입했으며, 모든 '구원'이 중심에 자리 잡았다는 사실에 대한 비판적 성찰이다. 아마도 이것은 지난날의 혁명이 자본의 것이든 노동의 것이든 늘 중심을 세우는 것(중앙집권 혹은 민주 집중)에서 시작하고 또 그것으로 귀결되었다는 것에 대한 비판적 성찰일 것이다. 이 성찰이 '꽃'의 개화, '별'의 운행, '찌르레기'의 군무와 같은 자연현상과 더불어 놀이, 그것도 아이들의 놀이에서("공원 잔디밭에 아이들이 둥글게 앉아서 논다/가운데를 비워놓고") 힌트를 얻는다는 것은 의미심장하다. '술래'는 '순라(巡邏)'에서 기원한다. 순라꾼은 체포와 감금, 죽음을 피해 꼭꼭 숨는 사람들을 찾아다니며 도시의 거리를 지배하는 감시의 권력이다. 술래잡기, 숨바꼭질, 까막잡기 놀이의 긴장은 감시, 체포, 죽음의 권력인 이 '순라=술래'에게 잡히지 않으려는 분산과 주변화의 노력에 있다. 아이들은 중심이 "동공이거나 허공이거나 불덩이이거나 소금바다"임을 알기 때문에, 또 "중심엔 또다시 피비린내 나는 살육과 지옥뿐"임을 알기 때문에 온 힘을 다해 골목의 주변에서 주변으로 움직이며 숨는다. 그렇다면 이 놀이에서 중심은 누구의 자리일까? 그곳, '가운데'는 "죽은 술래"가 앉는 자리, 정해진

횟수 이상으로 술래인 자가 처벌을 받는 순간에 앉는 자리이다. 이렇듯 중심의 자리는 지속되기 위해서가 아니라 정지되기 위해서, 채워지기 위해서가 아니라 비워지기 위해서, 모아지기 위해서가 아니라 흩뿌려지기 위해서, 일어서기 위해서가 아니라 주저앉기 위해서, 살리기 위해서가 아니라 죽이기 위해서 만들어진다. "뒤집힌 배에서 가장 먼저 탈출"하는 것이 '그들'이듯이(「세월호 최후의 선장」), 패닉의 순간에 중심은 가장 먼저 비워진다. 그 패닉의 순간에 일어서는 것은 오히려 중심을 둘러싼 주변이다. "주변에 있어 모두 손이 둘인 거다 모두가 결핍돼 있어/손을 잡아야 일어설 수 있는 거다"(「주변뿐인 우주」). 주변의 이 '일어섬'이야말로 세계사를 정지시키는 패닉의 사건이다. 터키에서, 이웃에 사는 친척 누레틴 기데르에게 성폭행과 학대를 당하던 두 아이의 가난한 엄마 네윈 이을드름은 누레틴 기데르의 머리를 잘라, 조선에서 "더러운 체제의 목을 베어/광화문 네거리에 내던지고 싶었"던 반란 군중처럼, 자신을 보고 쑤군거리는 남자들 한가운데에 던진다(「참수」). 이것은 "칠년 주기로 혹은 십이년 주기로" 혹은 "흉년이 들 때" 왕의 목을 매달아 살해하는 '신화시대'의 패닉 전통이 다른 형태로 지속된 것이다. '역사시대'에도 이 전통은 계속된다. 왕들은 심지어 "자기 아들에게 살해"되었고 "짜르와 대통령들도 군중에게 살해되"었다. 생시의 살해가 불가능했을 때에는 "시체와 동상의 목을 요구"(「피의 대칭성」)했다. 왕의 참수라는 이 패닉 전통은 '인신공양'의 제도에 대립하는 것으로, 중심을 비우는 주변의 행동, 국가의 발생을 억제하기 위한, 혹은 발생한 국가를 해체하기 위한 사회의 자기배려적 행동의 필수요소이다.

그렇다면 이 피의 참수가 우리 시대에 사회의 자기배려적 행동으로 그대로 사용될 수 있을까? 이 물음에 대한 답이 우리 시대에 필요한 패닉의 사건의 또다른 특성을 규정한다. 물론 『폐허』는 이 물음에 대한 답을 직접 제공하지는 않는다. 대신 그것에 접근할 중요한 사유의 가닥들을 제공한다. 패닉의 사건의 첫번째 특성에 대한 서술에서, 특히 「광활한 폐소」에 대한 분석에서 이미 다루었지만 자본의 영향권이 확대되어 그것의 외부들, 즉 대지나 광야가 소멸했다는 인식이 그 사유의 출발점이었다. 모든 것의 자본 내부화(「무엇에 저항해야 하는지는 알겠으나」에서 "철창을 걷어낸 후에도 들판으로 갈 수 없다"의 상황)는 '왕의 살해' 전통의 가상화, '가상 주권'의 장치에 의해 가능해진 것이었다.

왕들도 반란을 했을 테지 자신의 목을 따는 사제를 제거해왔을 테지 사제가 사라지자 군중이 사제를 대신했을 때 왕들은 군중도 제거해왔지만 그것은 오히려 자신의 권좌를 무용지물로 만드는 것이기에 자신이 밟고 있는

군중을 밟은 채로 헌법 제1조에 올려놓고 가상의 주권을
허용하고 가상의 살해를 허용해왔던 것
　　　　　　　　　　　　　　　　—「피의 대칭성」 부분

　주권을 왕의 것이 아니라 국민의 것인 것처럼 가상화하
는 장치가 바로 오늘날의 민주주의이다. 민주주의 장치에
의해 이제 모든 국민은 권력 게임의 일부로 참여하며, 자신
이 실제적 권력이고 따라서 주기적으로 가상의 왕의 목을
자를 수 있다고 믿는다. 이 대의제적 가상 게임에서 정치
인들은 "머리가 땅에 닿도록 굽신대며 표를 구걸하고 신분
을 위장하고 머슴입네 간을 빼줄 듯이 가난한 자의 발바닥
이 되겠다"고 한 후, 선출된 후에는 "숙였던 고개와 바닥에
깔았던 신분을 벌떡 일으켜 세우고 거만한 지배자가 되는"
(「호모에렉투스」) 기적을 일으킨다. 시인의 눈에 이러한 민주
주의는 모든 사람의 평등이라는 이름으로 욕망의 불평등을
실질적으로 제도화하는 장치이며(「난해한 민주주의」), '국민
의 승리'라는 이름으로 '노동자'를 '철탑'으로 '송전탑'으
로 '굴뚝'으로 내모는 장치이다(「대지의 인간」). 그렇다면 민
주주의 시대에 왕의 살해는 무엇을 의미하는가? 우리는 다
시 이 가상 주권을 참수해야 하는가? 여기서 발생하는 어려
움은 그 주권의 참수가 실제로는 '나'의 참수일 수밖에 없
다는 사실에서 비롯된다. "우리들 비루한 모가지들도 그 더

러운 체제에 기생해 있"기 때문이다. 그래서 '나'는 "내 모 가지가 든든히 붙어 있는" 것에 불안을 느끼면서 "어두운 곳으로 가서 나는/안이비설신의(眼耳鼻舌身意) 내 모가지 를 참수하여 거리에 내던지고 싶어/거울을 만들려고 벽돌 을 갈고 또 간"(「참수」)다. 가상 주권의 참수가 자기참수를 불가피하게 요구한다는 사실, 이것이 우리 시대 패닉의 사 건의 일곱번째 특성이다.

이 패닉의 사건 앞에서 이제 우리가 여덟번째로 살펴보 아야 할 것이 있다. "내가 폐허"라는 엄연한 사실 앞에서 자 기참수, 자기살해만이 해법이라면 폐허가 '인양'될 길이 있을까? 이 난제에 직면하여 시인은 플라스틱 꽃, 걸인, 그 리고 노동자들이 취하는 테크놀로지에 주목한다. 우선 도 시의 플라스틱 꽃은 고유한 역사와 계통을 갖는다. 그것은 "폐기물을 위장하기 위해 피어야 하는 꽃/씨를 맺을 때까 지 기다려주지 않는 꽃/유전자 조작으로 씨를 맺을 수 없는 꽃/별도 흙도 없는 곳에 갇힌 꽃"들의 계보 속에서 꽃이기 위해 낙화의 시간도 봉오리 맺기도 포기한 가상의 꽃, 꽃보 다 더 꽃다운 꽃의 탄생을 보여준다(「꽃이 나를 선택한다」). 다음으로, "생존을 위해 직립을 포기"한 걸인은, 정치적 가 상 게임과 유사하게, "배를 깔고 바닥을 기다 멀쩡하게 일 어나는 기적"을 보여준다(「호모에렉투스」). 마지막으로, '밥' 을 위해 '자유'를 반납하면서 "정규직 노예가 되고 싶다 비

정규직 노예를 철폐하라/불안정 노예를 정규 노예화하라
고 외"치는 노동자들은 "자유에 대한 새로운 감각이 생겨
난 것"을 보여준다(「무엇에 저항해야 하는지는 알겠으나」). 이
새로운 '주인-노예 놀이'의 감각에 따르면 자유는 '노예-
아님'보다는 밥에 있으며, 또 밥보다는 밥을 달라는 외침의
행동 자체에 있다. 패닉은 이처럼 '가상'을 거부하기보다
그것을 적극적으로 받아들이고 재전유하여 자기포기와 자
기참수의 패닉을 절멸의 계기가 아니라 탄생, 기적, 생겨남,
즉 긍정의 계기로 만든다. 폐허의 인양이라는 기적이 가능
해지는 것은 패닉의 이 역설적 성격 때문이다.

　패닉이 피의 사건일 뿐만 아니라 음악과 시의 사건이라
는 아홉번째 특성도 패닉의 역설적 성격의 다른 양태이다.
이것을 이해하기 위해서는 패닉(panic)이 어원적으로 판
(Pan)에서 나온 말임을 상기할 필요가 있다. 신화에 따르
면 판은 제우스와 님프 사이에서 태어난 신으로 머리에는
뿔이 나고 온몸은 털로 덮였으며 하반신은 염소 모양이었
다. 이 기이한 외모 때문에 그는 요정들에게 버림받았고, 그
가 사랑을 고백하려 다가간 여신 시링크스마저 놀라 달아
나버렸다. 판은 자신을 피해 도망치다 갈대로 변한 시링크
스를 그리워하며 갈대 피리를 구슬프게 불어 신들의 마음
을 뒤흔들어놓는다. 그의 외모는 연인조차 도망치게 만들
었지만, 그의 처절한 피리 소리는 신들의 잔치를 훼방하러

온 거인족 티폰을 놀라 도망치게 만들어 티폰에게 붙잡혔던 제우스를 위기에서 구해낸다. 그럼에도 역사는 판을 주로 부정적 이미지, 즉 그를 버림받게 만든 그 겉모습 속에서, 요컨대 버림받은 존재로서만 기억한다. 심리학에서 패닉은 공포를, 정치경제학에서는 공황을 의미하지 않는가? 역사(hi-story)의 세계에서 판, 즉 기이한 '모든 것들(凡)'은 여전히 버림받은 것들이다. 아마도 역사가 그(he)를, 주인을, 중심을 선별하는 이야기이며 다른 모든 것들을 배제하고 추방하고 폐기하여 중심을 떠받치는 부력으로 이용하는 장치이기 때문일 것이다. 시인이 오랫동안 이 인간의 시간 '바깥'을 주목하고 '길 밖의 길' '대지' '광야' '야성'의 이름을 불렀던 것도 이러한 역사에 저항하면서 배제되고 추방된 것들의 역량을 불러내어 제자리를 잡게 하려는 시적 주술의 행동이었을 것이다. 하지만 외부가 사라진 시대에 이러한 시적 주술만으로는 부족하다. "한순간 툭 떨어지는 낙하의 순간에/무너지는 경계에 자신의 모두를 일순 내맡기는 허공에/운명도 끼어들 틈 없는 찰나의 단호함으로/모든 의지에 우선하는 자유낙하의 영원한 순간에" "생의 결정"이 있었던 시의 시대는 지나갔다. 시가 "위장된 땅에 주저주저하다 퍼렇게 병든 씨앗"(「자유낙하」)으로 되고 마는 시대에, 시는 더이상 외부의 실재를 부르는 주술일 수 없고 '영토 아닌 땅'(「무장지대」)에 낙하할 수 있는 씨앗일

156

수도 없다. 이 곤혹스러운 상황에 직면하여 시인이 선택하는 길은 무엇인가? 시인은 지난 수백년 동안 시가 멀어져오기만 한 포이에시스(poiesis), 요컨대 제작, 만듦, 창조, 행동의 세계로 시를 안내한다. "풀은 흙에 뿌리 내리는 것이 아니라/풀이 흙을 만들어간다//틈이 자라 사막을 만들어갈 때/풀은 최선을 다해 흙을 만들어 덮는다"(「풀의 투쟁」). 내려앉을 흙이 없을 때 풀은 스스로 흙을 만든다. 이 만들어냄의 능력은 「환생」에 그려진 '초과'의 능력("죽음보다 아픈 사랑" "생을 초과하는 사랑" "죽음을 초과하는 눈물")이다. 패닉에서 드러나는 시적 초과는 주어진 모든 질서가 마비되고 폐허가, 우주가, "기억의 소수자들"이, 풀씨들이 쏟아지고 솟구치고 내려앉는 미적 놀라움의 상황에서 이성적으로 가정된 고귀하고 보편적인 이념의 규제에 호소한 칸트적 숭고의 방법과는 다르다. 또 그것은 심리적 폐허를 고상한 대체물들로 뒤바꾸는 프로이트적 승화의 방법과도 전혀 다른 것이다. 패닉의 초과는 폐허를 그 어떤 칸트적 초월이나 프로이트적 전치(轉置)도 없이("내게 고귀함이나 아름다움이나/사랑이 충만해서가 아니다/내 안에 그런 따위는 눈을 씻고 봐도 없다/그런 따위로 길이 든 적도 없다") 오직 "원형대로", 실재 그 자체대로 건져내는 초과이다.

이러한 초과야말로 폐허를 "닿을 수 없는 낙원"으로 만드는 패닉의 기적이다. 그런데 폐허를 낙원으로 만드는 것은 바로 생명(삶)의 현상학이고 또 반복되는 일상의 신비이지 않은가? 여기서 패닉의 시학은 돌연 일상적 삶과 구별될 수 없는 것으로 된다. 물론 일상적 삶은 주어진 삶을 단순히 반복하지 않는다. 삶은 끊임없이 삶을 넘어서며 삶을 기존의 삶과는 다르게, 초과와 잉여의 형상으로 다시 돌아오도록 만드는 것이기 때문이다. 그래서 삶은 항상 환생이며, 시는 환생의 기예(技藝)이다. 아마도 이것은 "모두가 풍요의 땅으로 향할 때" "타는 사막으로" 흘러가는 강이 "대지의 마른 생명을 얻어 자신을 완성하는" 저 "완전연소"(「완전연소의 꿈」)의 기예와도 다르지 않을 것이다.

曺貞煥 | 문학평론가

　시가 무모해지더라도 나로서는 어쩔 수 없는 일이다. 시의 요구에 현실이 선택되거나, 시의 행위와 장소가 따로 있는 것이라면, 시가 오히려 삶을 소외시킬 것이기 때문이다. 나는 시를 기회주의자로 만들고 싶지 않았다.

　또 낭패다 싶은 것은, 허술한 내 처신에 있다. 돌아서면 시들이 증발해버리는 것이다. 어제오늘 일이 아니지만, 갈수록 빨리 비워지고 자기혐오의 속도도 더 빨라졌다. 나도 내 것을 좀 지니고 살아보고 싶었지만 아무래도 그것이 안 된다. 이미 지나간 일이다.

2015년 8월
백무산

창비시선 391

폐허를 인양하다

초판 1쇄 발행 / 2015년 8월 20일

지은이 / 백무산
펴낸이 / 강일우
책임편집 / 박지영
펴낸곳 / (주)창비
등록 / 1986년 8월 5일 제85호
주소 / 10881 경기도 파주시 회동길 184
전화 / 031-955-3333
팩시밀리 / 영업 031-955-3399 편집 031-955-3400
홈페이지 / www.changbi.com
전자우편 / lit@changbi.com